人生的片陽

——夏眉散文集

夏眉 著

目次

輯一

浮世繪

火車上的歲月

我的故鄉文化水準並不高，鎮裡唯一的中學無法培養出好學生來，所以一些想繼續升學的孩子，只好到嘉義或臺中去就讀了。有趣的是，鎮上的男孩子大多上臺中一中，在學校住宿，而女孩子都挑了嘉義女中，每天坐火車去上學；這大概是因為家長不願意讓女孩子離家住宿吧？因此我們從初中到高中，多少的時光都在火車上度過。

我們買的是月票，坐的當然是慢吞吞的普通車，它每一站都停，又因為平日旅客很多，大家擠上擠下，火車經常誤點，所以單程就得花上一個小時。好不容易下了車，還要排隊，然後步行半個小時才能抵達學校。每天如此的跋涉，尤其是風吹雨打的日子，實在很辛苦。但這樣的安排也有些好處：譬如說，我們不必參加每天的升降旗典禮，逢到國慶日，總統生日等節慶，也可避免上街遊行的苦楚。

每天坐火車南來北往，嘉南平原的景色孕育了我成長的背景，陪我度過了六年的歲月。我從車窗往外看，綠油油的稻苗，隨著時間的轉換，漸漸成了金黃的稻穗，像海浪在風中飄搖。然後稻田會有一陣子短短的冬眠，等春天一到，眼前又是一望無際的綠苗。

車窗外景色的變化是季節的印記，而車廂裡面也常常隨著季節而呈現不同的景象。

北港媽祖

每年農曆三月期間，北港就會舉行媽祖誕辰的慶典，無數的善男信女從各個小鄉鎮蜂擁而至，都擠上火車，到嘉義去，然後在嘉義改搭客運到北港。那些信徒就像一陣颱風捲掃而來，我們這些通勤學生無法抵擋，無處躲逃；不要說被擠得沒地方坐，沒地方站，甚且雙腳騰空，踏不到地面，有時連呼吸都感到困難。可以說，北港媽祖誕辰的慶典是我們一年之中最難挨的時光。

如今回想，我對臺灣民間的信仰，幾乎一無所知，北港媽祖的慶生到底有什麼意義？我完全沒有概念。我只知，在我成長的年代裡，一般老百姓大都信仰媽祖，土地公，恩主公等與日常生活有關的神。至於那外來的基督教，好像很難打入民間的生活中。記得小時候，有一些洋人到我們鎮上來傳教，他們佈施一袋一袋的麵粉給大人，又分發彩色鮮明的聖誕卡片給小孩。但是那種物質的賄賂，也只有生活比較貧困的家庭才會接受，一般中等階級以上的家庭根本不准孩子去湊熱鬧，不願接受施捨。

後來臺灣與西洋的溝通越來越熱絡，一些教育水準比較高的人士漸漸地被洋化了，也開始信仰外來的基督教了。可喜的是，在臺灣，不管你信的是土地公或耶穌基督，大家都很寬容，別人信奉的神祇跟你的不一樣，也不要緊；反正你拜你的，我拜我的，大家都能和平共處。反觀別的國度，宗教經常是導火線，是造成悲劇的根源；大家為了信仰不同，就非拼得你死我活不肯甘休。當年的十字軍東征，現在的猶太教徒與回教徒，都有滿心的怨恨與敵意，非把異教徒毀滅不可。

三娘教子

平日裡，我們擠上車子以後，很難得找到位子坐。有一天，我和兩位嘉義女中的同學很幸運地找到了四人座的車位。我們坐下來以後，還有一個座位空著；此時一個嘉義中學的男生走過來了，他不假思索，就跟我們坐一塊兒了。此位男生長得眉清目秀，家境又好，我們都認得的。可惜他很害羞，從來不曾開口與女孩子交談。那一天下午，他跟我們面對面坐著，也不跟我們打招呼，只埋頭看書。

我的同學葉子忍不住了，就要招惹他。她笑問道，「喂，妳們聽過『三娘教子』這個故事嗎？」

「不知道呀，是什麼樣的故事？妳說來聽聽。」

「那是三個女人教導一個兒子的故事。」

我愣了老半天，終於才懂了。我的好友月桂白了葉子一眼。

「什麼話！妳真是胡扯！」

為什麼葉子會那麼貧嘴，要貪人便宜呢？那男生雖然連頭都不抬一下，臉卻紅了。我以為他會站起身走開的；但他畢竟是好家庭出身，只默默地承受了那麼粗俗的調侃。

後來大學畢業了，我聽母親說，曾有媒人到葉子家去提親，對象就是那個清清秀秀的男生。可惜那婚事好久都沒有進展，後來就不了了之了。我想，大概是他們無緣吧？或者，說不定那男生仍記得當年在火車上的小插曲，心中一直無法釋懷，覺得葉子不會是他的好伴侶？

包法利夫人

月桂是我的摯友，我的同鄉，我的同窗，我們每天一起坐火車去上學。她喜歡在車上看書，我卻喜歡看車窗外的景色。她心思細膩，不管做什麼事都很認真，不管看什麼書都聚精會神；就連看小說也是一字一字細細地推敲，一句一句慢慢地咀嚼。記得高一那一年，她沉浸於法國小說家福樓拜（Gustave Flaubert）最著名的一部小說包法利夫人（Madame Bovary）裡。她每看完一章就會把故事的情節告訴我，因此我也不必花時間讀那本書，對其中的篇章都很清楚。

有一天，她皺著眉，要我看一個段落；如今我將此段文章抄下來，讓讀者欣賞。

馬車又往回走，車伕也沒有了主意，不知道哪個方向好，就隨意遊蕩。只見它先是駛過聖波爾教堂，—快活林廣場—紀念公墓。車伕在車座上，碰到小酒館就要看上幾眼，露出絕望的眼光。他不明白車廂裡的那兩位乘客究竟著了什麼魔，就是不肯讓車子停下。只要他一想停車，就會聽見身後傳來怒氣衝衝的叫喊。於是他只得又使勁抽著鞭子，打在兩匹滿身大汗的劣馬身上，任憑車子怎麼顛簸，怎麼東闖西撞，全都置之度外。他昏頭昏腦，垂頭喪氣，又渴又累，難過得幾乎要哭了。

在碼頭上的貨車和大桶之間，在街頭轉角的地方，城裡的那些男男女女都睜大了眼睛，驚愕地看著這幕外省難得一見的場景——瞧著這輛走個不停的馬車，窗簾拉下，關得比墓門還更密不透風，車廂顛簸得像一條海船。

中午的時候，在田野當中，太陽直射在鍍銀的舊車燈上，一隻手從黃布小窗簾下伸了出來，把一團碎紙扔出窗外，紙屑像白蝴蝶一樣隨風飄揚，落在遠遠的紅色苜蓿花叢中。

快到六點鐘，馬車停在一條小巷，一個戴了面紗的女人下了車，頭也不回就走了。

我看完以後，笑問她，「這有什麼好皺眉頭的？只不過是描寫包法利夫人和她的情夫坐在馬車裡逛街，逛了一整天，如此而已。」

「可是這上面說，『一隻手從黃布窗帘下伸出來，把一團碎紙扔出窗外』，這到底是什麼意思？」

「我怎麼知道？」

我們為了這一句話研究了半天，卻毫無頭緒，只覺迷惘。如今回想，我們多麼天真呀，看書總是一知半解。

回鄉專車

上了大學以後，我每逢農曆新年都為了買車票回家鄉而頭痛。有一年，不知是誰想出來的主意，決定去和鐵路局交涉，要求當局開出一列半夜啟程的專車，讓我們這些上臺北念書的學子能順利回南部過春節。

沒想到，交涉竟然成功了，多麼令人興奮！於是大家忙著買車票，收拾行李，也忙著準備食糧，因為沒有人能預知，到底要花多少時間才能到達目的地。

到了回鄉那一夜，剛巧寒流來襲，我們把厚厚的毛衣和外套都穿在身上，卻還是冷颼颼地發抖。即使如此，大家都壓抑不住那新奇與笑鬧歡樂的心情；有的從車頭逛到車尾，有的從車尾逛到車頭。每碰到熟人就停下來聊天說笑，真是又熱鬧又有趣，哪裡有人肯坐下來休息或睡覺？

車子一路停停走走，每蹚到有貨車或班車開過來，我們都得讓到一邊去，所以開得好慢。我隨著人群在一節節的車廂裡穿梭，四處張望。其實我並非特別在找哪一個人，只不過心裡有點好奇，想知道我認識的人當中有幾個坐上了這一班大學生專車。

走到半途的一個車廂，我瞥見了一個認識的男生。他問我，「妳的手冷不冷？」

我說，「冷呀，怎麼不冷？」

於是他從外套口袋裡掏出了一雙毛織的紅色手套，遞給我。

如今，幾十年已過去，我卻一直沒有機會問他，到底那一雙手套從何而來？是為誰而準備的？

記得的是，那一雙手套的美麗與溫暖。

身為臺灣人

我發覺自己越來越笨拙膽小了，日常生活中有許多大大小的事，別人看來大概輕而易舉吧？我卻戰戰兢兢，躊躇不前。譬如說，我在下雪天盡可能不出門，因為怕跌斷了腿；我不敢獨自開車到陌生的地方，因為怕迷路，回不了家；我也怕跟人爭辯，因為不管我的理由多充分，結果我都只有認輸的份。其實不要說爭辯，就連表達最簡單的思想或描述最平常的一件事，我都會因為找不到適當的字眼而卡住了。可以說，每次一開口，眾人的眼光都轉過來對著我時，我卻張口結舌，不知所云了。

猶記得唸中學的時候，我還蠻刁鑽的，頭腦也還靈光，所以常喜歡跟同學鬥嘴取樂。可是隨著環境的變遷與歲月的增長，我變得越來越遲鈍了。明明有話說，但掙扎了半天，卻不知怎麼表達才好。這毛病不單是我的思考沒頭緒，而且也跟我平日使用語言的混雜有關。我常常無法決定，到底用臺灣話呢？還是用中國話？或者乾脆用英語？我這麼一再猶疑，越來越沒了主意，那腦袋瓜子就像一臺生了鏽的機器，操作起來，慢吞吞的讓人心急。結果，我總是湊合著用臺灣話，中國話，和英語，拉拉雜雜地說，比手畫腳地加重語氣，結果還是詞不達意。本來已經是個木訥的人，如今更覺得多說一句，倒不如少說一句了。

若說平日在家，這麼隨便混混也就算了。可是我卻有一份吃不飽餓不死的工作；而我那工作的場所，是個小小的圖書館；一個麻雀型的聯合國。同事中有菲律賓人，有美國人，有土耳其人，有荷蘭人，有韓國人，有日本第一代，有日本第二代，有臺灣來的外省人，也有臺灣來的臺灣人；真是龍蛇混雜的是非之地。

記得我在那裡工作還不到一年吧？有一天，我和美國上司一塊兒吃午餐，她問我，「妳覺得我們圖書館的同事之間有地域的衝突嗎？」

我睜大了眼睛看著她，「妳是什麼意思？我不懂。」

「譬如說，外省人和臺灣人之間……？」

「沒有啊。妳為什麼提起這問題？」

她躊躇了半天，終究沒有把心中的話說出來。我雖然好奇，可是不好意思打破沙鍋問到底，只好在心裡存放著一個疑問。

我們在圖書館，每天到吃中餐的時間，廚房裡香氣四溢，笑聲一波未平，一波又起，好熱鬧；可以說，那是一天之中最逍遙而輕鬆的時光。我們吃飯的時間是依照語言來安排的；日本人在正午十二點吃；外省人跟臺灣人在下午一點鐘吃；至於美國佬與零零星星的外夷，他們大概不懂得節省吧？一向都在學校餐廳吃飯，不跟我們爭地盤。

有一天，我們跟往常一樣，大夥兒圍著餐桌談笑，一個外省同事說，「妳們臺灣話裡面沒有「F」的發音吧？」

「沒錯。」

「難怪有些臺灣人把「花非花，霧非霧」念成了「花灰花，霧灰霧」她笑著說。

我想了很久，腦子打了好幾個轉，終於才對她說，「妳別笑；妳說臺灣話，別人大概都聽不懂。」

「那當然了，我根本不會說臺灣話。」

「真的？妳不是兩歲時就跟著父母從大陸逃亡到臺灣嗎？」

「是呀。」

「妳是哪一年到美國來的？」

「二十五歲那一年。」

「這麼說，妳是在臺灣長大的；妳吃了二十三年臺灣的米，喝了二十三年臺灣的水，可是卻沒有學臺灣話，那不是很奇怪嗎？」

「這有什麼好奇怪的？我從來就不覺得有學臺灣話的必要，因為我認識的人，結交的朋友都只說國語。」

「原來如此；我想妳跟那些住在紐約中國城的老華僑，想法完全一樣！他們一代接一代，都只在中國城裡面混日子，根本沒有走出那個生活圈子的必要，所以也懶得花時間，費心神去學英語了。」

「妳別拿我跟那些人比，他們是苦力；是沒受教育的勞工階級，在美國的白人社會裡根本抬不起頭來，所以只好躲在中國城裡混一生了。」

「我知道，妳和那些老華僑的情況正好相反！聽說令尊是一位退休的黨國元老，到底他的官位多高呢？」我不免好奇地問。

「這個我不能說，」她撇著嘴回答。

「為什麼不能說？」我向她挑戰。

「不好說出來。」她擺出一副神祕的姿態，卻又忍不住，要炫耀她父母的尊貴。

「不過，我爸媽住的官邸有游泳池，有花園，出門都有轎車司機接送。」

我不好說，妳老爸老媽用的是臺灣人的血汗錢呀；而妳卻連一句臺灣話都不肯學。

「好吧，妳以前既然沒機會學臺灣話，從今天開始，我每天教妳一句，妳這麼一個聰明人，還怕學不來嗎？」

「妳要教我說什麼？」她有點不安地問。

我也不曉得該教她什麼，只望著窗外發呆；正好這時，一片浮雲飄飛了過去。

「妳試這一句看看吧？『雲在天頂飛』。」

果然她試了，「婚得梯丁杯。」

「怎麼樣？像不像？」她好奇地問。

我禁不住，笑彎了腰，「妳說的這句話，一點都不像臺灣話呢，我看也不會有人聽得懂。」

「妳別笑！我不是早就跟妳說我不會臺灣話麼？」

「妳現在多少能體會到學外來語有多難了吧？我們臺灣人生下來就說臺灣話，那是我們的母語，說起來多順暢，多流利；聽起來多悅耳，多自然啊；開始上學以後，要學中國話了，頭也開始痛了。妳知道嗎？我們臺灣話裡面不但沒有「F」這個音，也沒有「R」這個捲舌音，所以一句很簡單的話『臺灣的夏天很熱』，有的人就說成了『臺灣的夏天很樂』呢。」

我以為那次的交談只不過是同事間的笑鬧而已，並不掛在心上。怎料，過不了幾天就有人悄悄對我說，那些外省同事已把我看成了問題人物——我的思想有問題，態度也有問題。

我聽了，只一笑置之；心想，管他們怎麼說呢！誰也奈何我不得。

又有一次，不知道為什麼有人提起「二二八事件」，那是多麼敏感的話題呢；其實我對這一事件的真相並不清楚，因為我一向對政治毫無興趣，對臺灣的歷史毫無了解；因為我們念的歷史教科書完全沒提到這回事。雖然出國後，偶爾曾聽人提及，可是我也只懂得一些皮毛而已。這個事件的來龍去脈，以及留下來的後果，我都只有很模糊的概念。

如今聽到同事在熱烈地討論，我不免有點心驚，也有點好奇。

只見一個外省同事很憤慨地說，「那些臺獨分子最喜歡炒冷飯，動不動就把『二二八事件』擡出來吵吵嚷嚷的！好像是昨天才發生的事情一樣！其實，你們知道那一段日子裡，外省人每天的日子過得有多恐怖嗎？那些流氓惡棍，日夜不休，趁機到處找外省人，不管在火車上或者在街頭，只要被他們聽出來或看出來是外省人，他們就抓起來打，打得頭破血流，你們知道有多少人被殺害了嗎？我最近看到一份官方的報導，說是『二二八事件』的前後，外省人死了好幾千個！他們的命該由誰來賠呀？」

我聽得一愣一愣的；咦，到底什麼時候歷史被改寫了？那些有刀有槍，用恐怖政策來迫害臺灣老百姓的外來人，竟然搖身一變，變成犧牲者了。

我再也坐不住，抗議地反駁道，「不是有許多臺灣籍的教授，律師，醫生和大學生被抓了去，從此失去蹤影嗎？這些人，是臺灣社會的菁英，他們都被一掃而光了。」

「臺灣哪裡來的菁英？都是些沒受教育的農夫和小販吧了。要不是我們從大陸逃難來臺灣，幫你們辦教育，搞好經濟，你們還不是只會種田！」

那一次的辯論，我全部垮臺了；只恨自己心裡沒準備，腦子又遲鈍，懂得也太少，只好任由那些人捏造事實，侮辱了那無數的受害的臺灣人。

後來我才知道，那位最惡毒的攻擊者，原來就是那個屠殺無數臺灣人的將軍的女兒。

單是那幾個外省人已經讓人夠頭疼了；哪知，一九八七年初，我們學校來了五個中國人。他們是一塊兒被請來整理我們圖書館的善本書的；約期是兩年。因為那些中國人在不同的辦公大樓上班，所以我只偶爾跟他們碰面而已，並不熟。

很快的，兩年過去了，那同來的四個人都回中國了；只有一個大陸妹卻不肯走；她想盡辦法，就是要賴在美國。我們的館長，經不起那個大陸妹的吹、拍、捧，經不起她低聲下氣的懇求，就決定暫時把她留下來了。

就在這時，中國的天安門事變發生了；一九八九年，中國的學運，使國際的輿論鬧得沸沸騰騰。我們學校一位知名的教授挺身而出，大力地向校方遊說，希望學校能收容那些所謂的「民運人士」。學校不得不給他面子吧？只得答應了。於是一夜之間，那些陌生人蜂擁而至，讓人無法忽視。

好笑的是，那位不肯回中國的大陸妹，竟然搖身一變，也加入了這一群「民運人士」的行列！當時大家都很好奇，也很欽佩，這人竟如此的神通廣大，真是不同凡響；從當年一個「紅衛兵」，一下子脫胎換骨，變成了天安門的志士。

如此這般，她就留了下來，也跟那些天安門志士同進出了。

那些志士，剛到我們學校時很受禮遇，都成了人人敬仰的熱門人物。後來，一年又一年，他們無所事事，語言又不通，卻老待著不走，漸漸的，就成了寄生蟲。那個好心的教授被搞得焦頭爛額，在灰心之餘，乾脆把這些人的生活費全部凍結了。那些人見沒錢可拿，當然就四分五裂，像雲煙，各自飄飛了。只有我們那個大陸妹有遠見，她早已安排好了，從天安門的志士，一變而成了我們圖書館的永久雇員，還讓北京的一家人都移居到美國來了。

我的那些外省同事，終於有機會和祖國的同胞相處，怎不欣喜？都向她靠攏了過去，都說祖國的經濟如此輝煌騰達，真是二十世紀全世界最大的奇蹟！大家都覺得身為中國人，很值得驕傲！似乎都忘了，當年他們跟著父母，像喪家之犬，投奔到臺灣來時，是為了什麼？他們離鄉背井，倉皇地逃命，不是因為對共產黨狠毒的手段的恐懼麼？如今他們躲到美國來了，卻口口聲聲要臺灣回歸祖國！堅持臺灣是中國的一部分！他們在臺灣安安穩穩地成長，卻一直沒有把臺灣看成是故鄉，對那片土地，沒有一點愛心與眷戀，只急切地要拱手把它送到中國人手裡。更令人想不通的是，臺灣根本就不是他們的，所以他們有什麼資格將它送人？

一個外省同事這麼對我說，「我愛臺灣，也愛大陸，我不忍看一個國家被撕成了兩半，所以終究還是統一的好。畢竟，我們都是中國人。」

如此的昧良心，如此的忘恩負義，如此愚蠢的論調，我怎麼去跟她爭辯？只恨當年，我們沒有送這些人回他們的故鄉。

因為每天都跟大陸妹見面，我漸漸地看清了她這個人。她平日裡笑臉常開，跟什麼人都處得來；尤其是對她的上司，更是軟言細語，極盡奉承諂媚之能事。兩個人整天就這麼笑聲耳語；可以說，她是她的上司最好的朋友，最談得來的心腹。最難得的是，他們都說的北京話，多融洽呀。

「妳聽聽，北京話有多美！」她常在我面前，這麼誇耀她的上司和她自己。

可是碰到我這硬邦邦的人，就是聽不進去。

「你們每一個字都捲舌，我聽了很不習慣呢！總覺得有點做作，誇張。你們也不怕舌頭給捲斷了？」

就因這麼一句沒遮掩的批評，我一下子得罪了兩個人。

我每天看到那大陸妹笑嘻嘻，以為她這人挺好的脾氣；怎知，有一天，一個同事為了工作，而跟她發生了衝突。她在盛怒之下，似乎驟然間變成了另一個人——她的聲音變得凌厲快速，她的神色，像個失去理智的兇手，她的話，像利劍，每一個字都要置人於死地！我想，這就是她的真面目吧？年輕時代加入了紅衛兵的行列，清算鬥爭是她的任務，伶牙俐齒是她的武器；如今都派上了用場？

這些年來，我已看過她幾次把鬥爭時代的伎倆搬出來。她的形象，不就是中國人的縮影嗎？每想到此，我不禁心驚膽戰，只想躲得遠遠的，以策安全。

我每天見到她，因此才有機會漸漸的了解中國人的真面目──他們的伎倆，他們的自負，他們的奸詐，他們的侵略性，他們的挑釁，他們腐敗缺德的心性。因為她，我才意識到臺灣的危機；我才深切地為自己故鄉的未來捏一把汗。我不懂，為什麼我們自己的同胞，只顧私己的利益而跟中國眉來眼去；把億萬的資金都搬到對岸去，養肥了敵人？難道他們看不出中國人有多可怕嗎？難道他們看不出中國要併吞我們嗎？

每想起故鄉的人和故鄉的風光景色，我就憂心忡忡。真怕有那麼一天，我們自己人出賣了故鄉，害我們有家歸不得。

前幾天，大陸妹對我說，「臺灣人真是數典忘祖，怎麼被日本占據了五十年，就不承認自己是中國人了？」

「臺灣人當然不是中國人，」我說，「可是這跟日本人占據臺灣五十年有什麼相干呢？我們也絕對不是日本人呀！我們是臺灣人，再簡單不過，沒什麼好爭執的。」

「妳不能否認妳的祖先是從福建來的吧？我們有相同的語言，相同的文化，相同的習俗。」

「我跟妳的看法不一樣，妳說的北京話，我常常聽不懂；我說的臺灣話，妳一個字也不通；我們的文字也跟你們的不一樣，我們的文化和習俗也跟你們完全不同。臺灣跟中國已經分離了一百多年，我們早就是一個獨立的國家，有個自由民主的社會；我們不想跟別的國家有任何瓜葛，也不肯讓世界任何一個國家找藉口來侵犯我們。」

她哼了一聲，「不管妳怎麼說，臺灣自古以來就是中國的一部分！妳不承認，就是忘本。」

我在那個圖書館已待了二十四年；以前還有兩三位臺灣同事互相撐腰，可是最近，生病的離去，退休的退休，如今只剩下我一個，竟顯得形單影隻了。

人生的片隅

經我一個大學同學熱心的推薦，我最近才開始看日本的NHK所推出的英語電視節目。這些節目大多是介紹日本的文化資產，科技，工藝，政治及年輕人的娛樂節目。就我個人的喜好，我最喜歡看的是介紹日本各地的風光及節慶，還有就是他們的食材及料理。這些節目對推廣日本的觀光事業很有助益，他們把日本最吸引人的一面呈現在外國觀眾的面前。但其中有一個叫Document 72 Hours的節目，卻是日本人現實生活的寫照，讓人覺得耳目一新。這個節目最特殊的地方是它的製作程序，他們事先選好一個目標，然後派遣記者到那個地點駐留七十二小時。在這個時限內，他們從來往的人群中找尋採訪的對象；雖然採訪的時間不長，但觀眾卻能從言談中窺見那些形形色色的人生活的掠影，也體會到他們所遭遇的悲歡。我們從那些人的年齡，面貌，舉止和言談，可以看出他們的在社會上的階層，他們生活的煩憂與掙扎，他們每天所面對的歡樂，悲哀與無奈。我每次看到這個節目，就有很深的感觸。我們可以看到日本一般老百姓所要面對的貧困與病痛，最可憐的一群是失偶的老年人。他們大多是獨居，一個人面對孤寂的晚年，早被世人遺忘了。

上個星期我所看到的Document 72 Hours這個節目，有個副題，叫Vending Machine：A Taste of Home。這是多麼諷刺的標題！節目的開始是兩年前的深冬；地點在日本的本州東北地方，日本海的一個港灣，叫秋田港（Akita Port）。主角是一臺販賣機，它被放置在港口外的一條公路旁；機器的上端有一片鋁製屋頂，藉以擋風，遮陽，避雨雪。它賣的是燙熱的烏龍麵及蕎麥麵。因為那是四十年前裝置的老機器，所以操作起來已經不太靈光了，湯水經常溢滿，燙人手指；有時丟了錢幣進去，湯碗卻跑不出來。但即使如此，光顧的人卻還不少；從裝置以後到現在，這臺販賣機已經賣出了四十萬份的湯麵。機器的旁邊還有兩張並排的鋁製桌椅，供顧客坐下來憩息；從屋頂還垂掛著一小瓶的調味料，讓人隨意取用。

最先光顧這臺販賣機的是個中年人，他是個保險公司的經紀人，身穿西裝，結領帶，是個典型的白領階級。他說，深冬季節行路難，車禍也特別多，所以他一天忙到晚，連吃飯的時間都被剝奪了。這時正好是午餐時刻，他實在肚子太餓了，只好在路邊停下來，買了一碗湯麵充飢。他將湯麵囫圇吞下去，然後又匆匆忙忙地上路了。接著出現的是一位老人。他說，自從十三年前妻子去世以後，他每天都會開十五分鐘的車到這裡來吃碗麵。不說別的，至少他可以吃到一頓燙熱暖身的午餐。而且，那天正好是他七十八歲的生日，他不想獨自待在家，所以就跑到這裡來了。記者找他談，他有了聊天的對象，於是將自己的身世滔滔不絕地說個沒完，藉此驅除他心裡的鬱悶。

第二天下午三點，開始變天，狂風暴雪襲來，整個視野白茫茫的一片，卻仍有一位男士冒著風雪來買麵。這男人五十三歲，他說，他回望自己的一生，實在過得很坎坷。年輕時他常跟同伴或女朋友一起到這裡來吃麵。可是現在他都是一個人來的，他來這裡是為了回味已逝的歡樂歲月，想著過去，就不覺那麼寂寞了。他常想，不知以前那些朋友現在都在何方？如今他患了癌症，身邊沒有親人，也沒有朋友，不曉得自己還能活多久，今後還能再吃幾碗麵？記者問他，這麼惡劣的天氣也值得跑這一趟嗎？他說，人生有晴天，也有暴風雪的日子，不管如何都得過。

這時又來了兩個年輕人，他們是附近一家工廠的員工。他們說，因為明天才發薪水，現在錢袋裡面空空的，只好到這裡來吃麵止飢了。畢竟，一碗麵才兩百日元（折合美元的話，兩塊錢還不到），這麼便宜的晚餐到哪裡去找？

整夜，風雪交加，已到了伸手不見五指的地步。可是到了清晨四點鐘左右，卻有一輛車子開過來了，是個中年男人。他說，他自己做生意，在鎮上專門幫人籌劃重要的活動及節慶。可惜這些日子以來，秋田港的經濟變得很不景氣，好多店面都倒閉了，他的生意實在無法維持下去，只好找個兼差，在夜間開貨車賺點錢維持自己和他母親的生活。他喜歡在下班以後獨自到這裡來，吃碗麵，吹吹海風，嗅一嗅海的鹹味，靜靜地思考。

到了中午，有一對男女來了。那個女子笑聲不斷，非常快樂的神情。她說她已經四十四歲了。她也數不清，這些年來到底在這裡吃過幾碗麵，但以前都是自己一個人來的。她一直有個夢想，希望有一天能找到一個她喜愛的男人，然後帶他到這裡來，與她分享她喜愛的湯麵。如今她的夢想終於實現了，所以她滿面春風，吃吃地笑個不停。他們先掃掉了販賣機旁邊的那一張桌上的積雪，然後兩人坐下來，她先從自己碗裡挾了幾口麵條，放到她心愛的男人碗裡，然後才開始吃起來。他們吃得很開心，還一直讚美那湯頭的味道。等吃完了，那女人才挽著她的男朋友的臂膀，一塊兒離開。

然後又來了兩個人，是父子。那男人說，他的妻子週末要上班，所以他和兒子必須自己處理三餐。於是做父親的就把兒子帶到這裡來了。他希望這樣的外出能培養父子的感情，說不定兒子長大以後，那湯麵的滋味會帶給他美好溫馨的回憶。

最後出現的一群人，是摩托車團隊的成員，他們在開完會以後一起來吃碗麵。其中有一位成員是個女人，她是個單親，還帶了十歲兒子一起來。她說，她已數不清這輩子在這裡吃過幾碗麵了。記得年輕時，她是個無法管束的女孩，所以不管是在家裡或在學校，都算是問題少女，也因此常常被逼得無處可去，深覺這個世界的殘酷無情。每在此時，她會跑到這裡來吃碗麵。可以說，這裡是她的避風港。她一邊說，一邊還提著一大瓶的酒往嘴裡灌。

採訪的記者不禁納罕了，秋田港這個地方有那麼多的速食店，餐館及便利商店，為什麼這一臺販賣機卻能吸引那麼多忠實的顧客，使他們覺得，到這裡來，就像回到家一樣？他的結論是，這裡販賣的湯麵不但便宜又好吃，而且是熱的，讓人吃了身心都覺得暖暖的。

這些人過的是怎樣蒼白的人生呢？他們竟然以販賣機所供應的湯麵來獲取生活中所欠缺的家庭溫暖。

另一番生活的情趣

去年（二〇二〇）底，我們帶著六個孫子回臺灣，每天到處跑，看遍了故鄉的水光山色；每天為了嘗新，都要光顧不同的餐館；那是何等寫意的日子！如今回味，恍覺那是久遠以前的事了。

今年初，回到紐澤西以後不久，就聽說有武漢肺炎的疫情，而且它直逼臺灣。當時我們還說呢，幸好及早回美國，才得以逃過這一關。到了三月中，我們還照常去參加此地臺美人聚會，幾十個同鄉歡聚一堂。正好那一天，有一對朋友剛從臺灣回來，他們風塵僕僕地，也跑來參加聚會。只見他們進門時竟都戴了口罩！當時大夥兒對他們斜目相看，都笑他們太膽小！還提醒他們，美國人根本不願意戴那玩意兒，也都覺得沒必要。他們被如此奚落，只好把口罩收了起來，還帶點歉意地解釋道，在臺灣每一個人出門都戴口罩。

怎知才過了兩個禮拜，紐澤西的疫情竟像海嘯，剎那間洶湧而至，讓人措手不及，無處躲藏。我們滿心驚慌，家裡沒有口罩，沒有消毒洗手液，更沒有消毒濕巾等應有的配備，怎麼辦？怎麼抵擋？心情像待宰的羔羊，變成自我禁錮的囚犯。而我們那一對剛從臺灣回美的朋友，竟成了先知；原來他們停留在臺灣的期間，被灌輸了充分的醫學常識，也被訓練成預防疫情的專家。我們哪曾料到，疫情像蓋天的烏雲，遮擋了太陽，使我們在黑暗中摸索，每天的生活起居都受到了深遠的影響。

食

四月初，以紐約市為中心的三州地區成了疫情最猖獗的地帶，我們在電視上看到那許多臨時調動來的冷凍停屍貨車停在紐約的各個醫院及殯儀館外面，真有世界末日來臨的惶恐。又有許多報章雜誌訪問了一些復原的病人，他們描述了生病期間所嘗受的痛苦與折磨，都說真是生不如死！好像到鬼門關走了一趟。我越聽越怕，更不敢出門了。有幾次，在家實在悶得慌，只好開車出去兜兜風散散心。沒想到開上了公路，才驚覺一路上都沒有車輛在行駛；大白天，周遭卻是靜寂的一片。有幾次，我們在黃昏的時分到附近的公園去散步，見到的是成群的鹿、狐狸、奔竄的松鼠、胖胖的土撥鼠，還有各種的鳥類，都安安閑閑地在步道上憩息，在草地上徜徉，看到我們走過來了，不驚也不躲；哪像平日，早就奔飛走散了。動物何其靈敏，牠們已意識到，霸氣的人類不知為何竟自告退隱，於是那廣闊的天地又回歸到牠們遨遊的領域。

後來疫情更猖獗了，連住家附近的公園與運河兩旁的步道都成了禁區；我們無計可施，只好在自家的庭院裡繞圈子。

女兒知道我不敢出門，就自告奮勇要幫我去買菜，然後送過來。可是她住在那麼遠的地方，開車單程就要一個鐘頭，而且她家裡除了丈夫以外，還有三個孩子，她哪有時間為我們奔忙？我只好婉拒她的善意了。眼看著家裡的冰箱、櫥櫃裡的存糧都快吃光了，怎麼辦？我想來想去，只好請丈夫代勞了。他長得粗粗壯壯的，什麼都不怕；他認為武漢肺炎就跟流行性感冒一樣，大不了咳嗽、發燒吧？過幾天就好了，沒什麼了不起。於是我開了一張購物單給他，請他幫我走一趟。但是他實在沒經驗，平日裡，他雖然偶爾也會跟我去超級市場逛，但他只抓自己喜愛的汽水、霜淇淋和餅乾，往購物手推車裡放，其他一概不管。如今要他去買菜，他卻分不出菠菜與捲心萵苣有什麼不一樣，牛肉與豬肉有什麼不同，更不用提各種不同的肉質與部位了。結果要他買十樣菜，他卻買錯了五樣。

如此試過幾次，他覺得很泄氣，我也覺得很煩。不得已，只好硬著頭皮自己出門了，卻是帶著怎樣驚慌畏縮的心情。幸好此時，臺灣的家屬很熱心幫忙，特地搜集了兩百片的口罩，用快遞寄過來，我們才得到一些安全的保障。

根據官方報導，上超級市場雖然容易被感染，但是餐館更是疫情蔓延的所在，所以州長下令封鎖所有餐館的營業。我們一向把上館子當成是一種享受，一種消遣，也是朋友相聚的社會活動；如今餐館沒得去了，只好三餐都得自己處理；那種受束縛與單調的日子實在很難排遣，更何況做為主婦的我，如今更為了每天的三餐而發愁。幸好後來才知道，有許多餐館還是照常營業，雖然不許讓客人進門就座，但外賣是可以的；真是謝天謝地了。可惜的是，那些帶回家的飯菜與平日上館子所熟悉的口味完全不同，都走了樣，但也只好將就著吃了。如今每隔幾天，我們就去買披薩餅、壽司、牛肉麵、滷鴨、烤肉等回來，雖然吃的時候不免有怨言，但是那已成了我們單調生活中的一種調劑。

衣

因為每天蹲在家，從早上起床到晚上就寢，我可以不用換衣服，一襲睡袍就可以應付。可是我沒有那麼邋遢，總是在刷過牙以後，乖乖的換裝，但換的卻不是外出服，而是家用服。於是上面一件運動衫，下面一條短褲，既清爽又省事。即使去市場買菜，我也懶得換，反正口罩戴上了，臉已遮了一半，還有誰認得出我啊？本來，春季到了，總要置裝。到了夏天，也得買一兩件新衣服，迎接季節的變換。如今，一切都免了。管他呢，春季，夏季，不都一樣嗎？前幾天到一家中國超市買火鴨，突然竟聽到有人在呼喚我的名字，我嚇了一跳，沒想到竟然有人認出我來！以後出門大概要戴上一頂運動帽遮擋，就像電影裡面的銀行搶劫犯吧？這樣就不會有人認出我來了。

另一件讓我頭痛的是，我不敢上美容院。想想那地方，人多口雜，而且美容師跟顧客之間難免有很親近的接觸，怎麼可能做到社交隔離呢？那真是感染武漢肺炎的多災區。況且我近來光顧的美容院是個中國女人開的，她的顧客都是清一色的中國男女，他們不都是可疑人物嗎？好啦，自己不敢上門去剪頭髮，那頭髮偏偏作怪，這幾個月來長得特別快；都已經垂肩了。我有幾十年沒讓頭髮長得那麼長了！很不習慣。怎麼辦？幾次拜託丈夫幫我剪，他卻不肯。我猜想，他大概覺得老妻實在其貌不揚，若是他不小心把我的頭髮剪成狗咬的一般，那該怎麼辦？更是見不得人了。既然他不肯幫忙，我只好任由頭髮一天一天的變長了。乾脆把它紮成馬尾巴，這樣該清爽得多吧？我看我那三個孫女兒，她們每到夏天就紮著馬尾巴，看起來又清爽又俏皮又好看。可是她們都有豐厚，閃亮的頭髮，我呢？稀稀疏疏的幾根，又有白髮夾在黑髮裡，束起來一看，哪像馬尾巴？根本就是老鼠尾巴，真讓人笑掉大牙。

有一點可以安慰的是，如今我們每個月的花費驟減，不但省掉了置裝費，也不必買化妝品。反正一張臉都被口罩遮蓋了大半，幹嘛還化妝？我們每年還有一項最大的開銷，那便是到國外旅遊；如今那筆錢也都省下來了。

住

我們住在紐澤西的郊區，雖說每天被囚禁在家裡，但至少還可以在前後院走動，不像一些大城市的居民，住在高樓大廈裡，不但居處狹窄，而且沒有庭院可以散步，況且他們上下樓還得坐電梯，實在太危險了。想像中，一群人擠在電梯裡面，若有人開始咳嗽，怎麼辦？能躲到哪裡去？也難怪城市裡的居民染病的人數比郊區的居民還多。也難怪一些紐約的富戶都搬家了，都躲到他們海邊的別墅去了。

我們有一些朋友，既然沒事幹，就很有創意地開始種花植草，把前後院栽種得花團錦簇，美不勝收。有的在後院開闢了菜園，種了一些自己喜歡的菜蔬；那種採收的欣喜，那種成就感，真令人欽羨。有些朋友大概看我可憐，就將自己種的蔬菜送了幾把給我，我那感激之情，真是無法用言語來表達。我幾次向丈夫遊說，希望他在後院開闢個菜園，如此不但可以吃到新鮮的菜蔬，更可舒展筋骨。

可惜他聽不進去，還瞪著他那雙牛眼，冷冷地說，「妳這不是無事找事嗎？妳要種菜我不反對，但是別妄想我會幫忙。」

我怎麼可能去後院開闢菜園？我這麼懶散的一個人。如今被丈夫撒了一鼻子灰，那歸園田居的夢想只好作罷。

行

眼看我們被禁錮在家已近半年，這是我有生以來，第一次遭遇到不能出門的禁令，有時夜半醒來，恍惚中，還錯以為自己在做惡夢。春季裡，紐澤西的疫情很嚴重，別的州都禁止我們前去；幸好七月初，紐澤西的情況改善了，我們又可以到公園去散步了。我們的州長很得意，他趕忙下令，不准外州的人隨便進來，也不准州民隨便到外州去玩，還在橋頭，地下隧道口，火車站把關，被逮到的，就得強行隔離十四天。看情勢，似乎整個美國都帶著彼此排斥的敵對心理。這大概跟川普總統有關吧？他的一言一行似乎都要鼓動風潮，造成種族結仇，促使階級的鬥爭與傾軋，雖然他說要鎮壓暴力的行為，但是他煽動的言語，只更增加暴力的行為。至於西部的火災，南部的水災，他都只當過眼雲煙，不值得他的關注；他關心的是，怎麼保住他的總統職位，怎麼繼續當全世界的老大，每天呼風喚雨的，當世界舞臺上的主角。如此一個惹是生非的領袖，哪能使國家平靜無波？哪能讓人民安心樂業？我認為他唯一值得贊賞的策略是：他對臺灣的友善，對中國的敵對。其實看清了，臺灣在他的心目中，也只不過是用來對付中國的一粒小卒而已，他如此朝秦暮楚的性格，誰能看準他的風向？誰敢信賴他的支持？

娛樂

如今已快看到了秋天，本來我們每年逢到春秋兩季都要到國外旅遊的，但是現在全世界都不歡迎美國的觀光客。也就是說，你想去玩，人家卻給你來個閉門羹，誰都不歡迎你。

還好，在天晴無風的清早，我們會去打網球，那實在是最好的健身活動，而且讓人的心情變得活潑開朗。可惜的是，等疫情一過，我的丈夫必定又恢復他的各種社交活動，整天都不見人影，他哪會有空陪我打球？

另一個打發時間的玩意就是看股票市場。我們並非富戶，所以並沒有在股票市場上投資大筆的錢，但是既然下了一點賭注，當然每天都要看股票的漲跌起落，那心情就像乘坐雲霄飛車吧？它為我們單調的生活帶來些許的興奮與緊張的心情。

但每天最讓我期待的是，到了晚上，一等吃完飯，洗完澡，收拾好廚房，我們就到電視間，挑了舒適的沙發坐下來，然後選個影片；有時是喜劇，有時是悲劇，有時是愛情片，有時是動作片或西部片，幾千個影片，任我們挑選。等電影看完了，夜也深了，該睡了。如此這般，這半年來我們已看了一百多部電影。

我們每天就是這麼過的，如此不愁吃，不愁穿，日子似是過得很寫意？可惜的是，我的腦袋不知何時被灌入了泥漿，把我的思潮封固了，只覺心情莫名的沉重。

（寫於二〇二〇年九月）

輯二

故鄉——臺灣

回鄉雜記

寄居的日子

近幾年來，我們每次回鄉都住在旅館。大概有人會納罕，既然是回家鄉，何必住旅館？不為別的，只因父母亡故以後，回到家，似乎多了那麼一點兒拘束；少了那麼一點兒溫暖與舒坦。況且也實在不願意打擾兄弟姐妹的日常生活，更不好意思讓他們為了我們而忙亂。

不過這一次回去，碰巧小姑剛搬到新家，而舊居還空著；承她的邀請，我們就搬進去住了。這棟公寓非常寬敞舒適，又坐落在臺北最新興的地段，只要走幾步就到了市府，一〇一大樓和世貿。夜裡躺在床上，往窗外一望，那輝煌燦爛的一〇一大樓就映照在眼前。好笑的是，我們在那裡住了將近一個禮拜，每晚回來卻都為了打開那一關又一關，錯綜複雜的門鎖而緊張得全身冒汗。真想不通，既然臺灣的治安那麼好，出門不怕偷，不怕搶，半夜三更在外面遊蕩也很逍遙自在。可是為什麼每一家的門戶都還要防範森嚴？舉目所望，每一家的門窗都裝置了鐵欄杆？似乎人人都把自己鎖在鐵籠裡面，成了囚犯。也許臺灣強盜沒有，小偷卻很多，所以人人都要防範？不過那鐵欄杆實在不雅觀，而且很危險吧？萬一有火災，怎麼逃得出來？

住在那裡，最使我開心的是，每天一早起來，就到巷口的小攤販吃早餐；點的無非是甜豆漿加蛋，配上一副燒餅油條。有時想換個口味，就來一碗米漿，配上蟹殼黃，蒸肉包，飯糰或蘿蔔糕。我們吃得又開心，又滿足；覺得這種早餐，真是比喝咖啡，啃麵包要好過多少倍！

吃過早餐後，從店裡出來，就是菜市場了。我們在水果攤上買了大包小包的水果，都是平常在美國吃不到的。我最愛的是釋迦，蓮霧和棗子，還有芭樂和楊桃。那種享受，讓人覺得很滿足，好幸福！

野柳

那一天，我們全家二十幾個成員，擠進了一部大旅行車，浩浩蕩蕩地去郊遊。先到法鼓山去參觀。為什麼挑了那座山寺去遊覽？

我也不懂。只見一座又一座同樣形式的，灰暗而單調的建築，錯落地把個山頭占盡。我看到遠處慈恩塔前面有一口大鐘，不禁好奇地問那個當嚮導的女義工，「是不是每天都有人按時敲那口鐘？」

她說，「不，不，那口鐘一年才響一次；我們的寺院在每年歲末年初之交，都請了高官顯要來敲鐘，是送舊迎新的意思。」

「高官顯要嗎？」

「是呀，今年就是請的馬英九總統來敲鐘。」

原來他們把權貴與道行的高尚畫了一個等號。宗教與政治一鼻孔出氣，難怪法鼓山如此的興旺。

好笑的是，我後來才聽人說，馬英九過年時去敲鐘，竟把繩子給拉斷了！隔了兩個月，法鼓山的創始人，聖嚴法師就去世了。

不過，我扯遠了。

那天，我們離開了法鼓山，就去吃中餐，然後前往野柳。那盛名遠播的景點，我從大學時代到現在，至少也去過五六次了吧？實在一點也引不起我的興趣了。

沒想到幾年沒來，那地方竟換上了新妝；如今展現在眼前的是一副全新的，人工化妝過的面貌。岩石上架起了連綿的人行步道，還有波浪形的，玲瓏剔透的跨海行人橋；以前到此，必須攀登跋涉，如今已是坦途。

我們一家大小正忙著欣賞那脖子越來越細的女王頭，那一只仙女鞋，那一座座的燭臺岩，都擠來擠去地照相呢，卻從身後傳過來了一陣刺耳的吵嚷；我忍不住回頭看了一眼，卻原來是一大群男女湧過來了。我心裡起疑，是哪裡來的遊客，竟如此的囂張？那喧鬧的一群——那彆扭的裝束，那奇異的口音，那魯莽的舉止，那趾高氣昂的態度；果然沒錯！是一群「陸客」！我頓時感到畏縮，忙躲到一邊去。只因幾年前，我曾親身體驗過那種人的德行；他們在人群中擠來擠去，很猛勇地往前竄，哪裡懂得什麼叫禮讓？什麼叫先後次序？都像開足了馬力的推土機，只一味地用手推，拼命地往前擠；我被他們擠得無處躲閃，差點兒被他們推到瀑布底下的漩渦裡去！那次的教訓，使我覺悟到，千萬不能在窄路上跟中國人相逢，實在太危險！

雖說我根本不願跟這些人有任何瓜葛，可是他們卻上門來了。

臺灣人還將信將疑，還渾渾噩噩呢，這些中國人卻已翻山過海，以旅客的身分進攻過來了。

我想大喊，「且住！且住！」

可是，我有什麼力量去抵擋時勢的潮流？

為什麼以前回鄉，從來沒有碰到這些困擾？想一想，都是因為馬英九，這些人才能到我們的土地上來撒野！看那嘴臉吧？完全擺出了一副征服者的傲慢；他們大概是先來看看地勢，查查民情吧？等馬政府將臺灣雙手奉上以後，他們就可以很有把握地過來接收了。也難怪這些人把眼前的一切都看成了他們的所有，可以任由他們踐踏了？我想，當年國民黨的敗兵殘將也擺出了同樣的嘴臉吧？他們在中國一路被追殺，躲到臺灣來後，卻搖身一變，成了接收大員；多麼威風！

我的一位親戚說，「這些陸客也實在太不像話了，他們到處亂丟垃圾，到處吸菸，到處吐痰，又扯開嗓子說話，完全目中無人，真是讓人看了就討厭！他們的惡行惡狀，姓馬的即使知道，也不會在乎吧？他說得好聽，要賺那些人的觀光錢；真是做的白日夢！他們到臺灣來，吃的是最便宜的飯，住的是最簡陋的旅館；到店裡或地攤上買東西，一定殺價，殺得那些做生意的人叫苦連天，精疲力盡。大家都說，我們根本就是賠錢讓這些中國人到這裡來糟蹋我們這塊土地；這都是姓馬的豐功偉績！

「我想選了馬英九當總統，最大的問題是他和中國有無法割捨的血緣關係；他像一個吃奶的孩子，一直就認定了中國是他的娘。你不看他，一心向著中國；不管是經濟，政治或是文化，他全盤依賴中國。什麼是臺灣文化？什麼是民主政治？什麼是獨立的經濟措施？他全然不管，也不想知道。你看看吧？等他開放了中國對臺灣的投資，中國必定會把臺灣大大小小的公司，報紙，電臺全買下來。到了那個地步，我們臺灣人還有什麼戲唱？大家都只好上街去擺攤子，賣臺灣小吃了。」

鹿港

我們每天挑選一處臺北郊區或附近小鎮去遊覽，因此看到了不少各地的風光，吃到了不少當地的特產。我們去了士林、淡水、板橋；也去了大溪、北埔。然後繼續往南，到了鹿港。那個小鎮，我曾經在五六年前去過，印象不錯。回家後，把當地的風光說得天花亂墜，我丈夫也心動了，他要找機會親自去走一遭！最使他好奇的景點是「摸乳巷」。它是一道長長的防火巷，最窄處還不到七十公分寬，如果男女正巧對面而來，擦身而過，可以想像，會是很尷尬的境況。於是乎，便有了「護胸巷」，「君子巷」，及「摸乳巷」的稱呼。那麼粗俗的名稱，當然要引起男人無限的遐想了。

可是那一天我們到了鹿港，才聽說「摸乳巷」在整修，不開放。怎麼辦？只好去參觀那道貌岸然的鹿港民俗文物館與龍山寺了。

鹿港天后宮

我們穿過鹿港舊街，擠過擁塞的人群，終於才看到了那一座雕龍畫鳳，彩色鮮麗的道觀；它給人的感覺，就如看到一位濃妝豔抹，穿著花俏的村婦吧？

這時已是午後，我們就到廟旁一家食堂去，聽說那一家的「蚵仔煎「及「蚵嗲」頂有名。怎知坐下來以後才叫苦；原來那地方之髒，實在很驚人，特別是那張桌子，黑烏烏的，黏膩膩的，上面還有一層油光。

我忍不住叫那服務生過來，請她把桌子擦乾淨。

她說，「沒有用啦，本來就是這樣的呀，怎麼擦得乾淨？」

雖然很倒胃口，可是入鄉隨俗呀，只好坐下來了。

我們午餐才吃了一半，外面喧嘩之聲更加緊湊了，真是鑼鼓喧天，熱鬧非凡。而人潮洶湧，層層疊疊，無處宣洩，都擠進食堂裡來了。原來鹿港天后宮擁有眾多的分靈廟宇，每逢農曆一月至三月間的進香旺季，更是人潮洶湧，水洩不通；每天都有外地的媽祖廟來進香，尤其那天正逢週末，進香團更是一波未平，一波又起；舞龍，舞獅才收場，就有八家將一個個出來亮相，都爭相使出絕技與花招。接著是鑼鼓陣，神轎，乩童，真是光怪陸離的表演，無奇不有的招數。

我們在角落裡的一座平臺上站了大約三個鐘頭，居高臨下地把廟前的表演看個夠。本來我從小就很怕迎神賽會這種道教的慶典，總是躲得遠遠的；沒想到無意中在鹿港看到了如此盛況空前的廟會，終於大開眼界。

我們離開天后宮時已近黃昏，但是從外地來的進香團仍連續不斷，把鹿港的幾條大街都阻塞得寸步難行，一片的混亂。

也虧鹿港的人有那份耐心與熱忱，年年都願意忍受如此的喧嚷與熱鬧；可是那樣的鋪排，應該是很大的消費吧？到底都是誰出資？怎麼受得了？

（原載於：太平洋時報　二〇〇九年六月）

夏日炎炎

今年六月底，我們帶了兩個孫子到日本去觀光，讓兩個孩子開開眼界，淺嘗另一類的東方文明。十二天以後，我們先送孩子上飛機返回美國，才又繼續我們的旅程，回臺灣。雖然明知故鄉的夏天就像火爐一般，可是近在咫尺，怎能過門而不入？

回到臺北。第二天早上，我們先到街角的吳家豆漿店飽飽的吃了一套燒餅油條，一碗冷豆漿。然後坐上公車，到區公所去辦理恢復健保的手續，又在我們的悠遊卡上面免費加值。這是我們每次回臺灣都要辦的手續。如此這般，我們在臺灣的期間就有了醫療保險，也就可以免費搭乘公車及捷運了。老實說，我有一絲的歉疚感，覺得自己沒資格享受到這些福利；但同時卻也滿心的歡喜，畢竟我又回到了故鄉。想想看，如果不是回到這片我生長的土地，哪能受到如此親切的待遇？

從區公所出來，我們又頂著豔陽，繼續穿街走巷，一身的溼黏，滿臉的汗。

我問丈夫，「這麼熱，為什麼不叫計程車？」

他說，「妳看路上行人那麼多，大家不都是用走的嗎？我們也可以做到。」

啊，我忘了。他每一次回故鄉，便恢復了幼年時的心態；一切從簡，節約至上。

走著走著，已到近午時分，我又熱又累又餓，實在不想再移步了，只好隨便在一家自助餐廳，解決了午餐。

飯後，我們又走了好長的一段路，終於才到了小叔家。小叔的兒子幾天前結了婚，我們沒來得及參加婚禮，如今親自上門補送賀禮。可惜小叔說，他的兒子舉行的是公證結婚，不請客，不收賀禮。我丈夫問他，如今新婚夫婦住在哪裡？

小叔說，「就跟我們住一起。他們把家裡空出來的套房重新設計裝修了一番，有自己的客廳，臥房，浴室和廚房；他們有自己的小天地。」

我們好奇地到新房去參觀，果然是很新穎的設計，舒適的居所。他們這麼做，不但能享受到兩代同堂的天倫之樂，每個月還可以省下房租。

我小叔看的很清楚。「其實他們大概也希望搬出去住吧，可是這一代的年輕人收入少，根本沒辦法省錢。更何況他們的工作也不穩定，雖然天天要加班，好像很忙，可是誰也說不定哪一天會被裁員。所以現在有一個新名詞，叫『窮忙的青貧族』，那是專門用來形容他們的。」

我們在客廳一邊聊天，一邊吃點心，一邊看電視。電視上播的節目是地方新聞，無非是交通事故，家庭糾紛和一些農夫的抗議遊行。

我說，「那些農夫好可憐，他們那麼辛苦耕作，好不容易才有了收成，怎麼竟然賣不出去？」

小叔卻說，「根據報導，那些鳳梨，香蕉不是賣不出去，是價格太便宜，連本錢都賺不回來，所以他們寧可不賣。不過你們剛從外國回來，也別太相信新聞報導，他們真真假假，讓人搞不清。大陸有多少的資金侵入了臺灣的媒體，他們掌握了好多電臺。還有呢，就是國民黨操縱的電臺，他們亂報新聞，還製造假新聞。聽說有些電臺把東南亞的街頭暴動和天災人禍的圖片挑出來，做點手腳，加點剪接和修飾，然後貼上中文標題，就變成了臺灣的景象和現場廣播了。他們大肆渲染，整天不停的播放，明眼人也許知道那是中國人和國民黨在搞鬼，可是一般臺灣的老百姓很天真，哪裡分得出真假？他們以為在電視上看到的新聞都是真的，所以認為南部的果農已經陷入了水深火熱的破產邊緣。這樣的假新聞看多了，大家心裡自然會產生危機感，都擔心害怕，以為臺灣的新政府無能，臺灣的經濟已經陷入了崩潰的邊緣。其實你看這農民示威的報導，就很可疑；我們只看到幾個農夫打扮的男人站在街頭，旁邊有一些鳳梨丟在地上。可是他們沒有明說那是什麼地方，發生在哪一個市鎮，他們更沒有採訪那些農民，所以我們聽不到他們發聲，不知道他們是什麼樣的人。」

「真有這種事呀？這麼惡劣的行徑，政府為什麼不取締？難道要任由外來的惡勢力操縱臺灣的媒體嗎？」

「有什麼辦法呀？中國資金那麼雄厚，我們抵不過，只好任由他們作怪了。其實這種現象世界各地都可以看到。你們在美國，每天看到川普一開口就聲東擊西，說謊謾罵，哪裡有什麼領袖的風度？大家還不都忍下來了？大概一般的老百姓都覺得無能為力吧？」

過了幾天，已經到了週末，我們一家人在餐館相聚。席上，大家七嘴八舌地談論；我聽到的，不是家常，而是對時事的怨怒與不滿。想不到自從上次回鄉，這一年半以來親人的境況好像有了明顯的改變。

有一個親戚，他一向能說善道，如今他以斬釘截鐵的口氣說，「蔡英文的政府真是昏庸無能，真是亂來，一無是處！」

我嚇了一跳。「蔡政府做了什麼壞事？」

「先不說別的，政府幾十年來辦得好好的軍公教人員退休金的制度都被他們搞亂了，搞砸了。我還沒有機會拿到18%，就被那些昏庸的政府官員給奪走了，這麼一搞，我什麼也拿不到！」

我丈夫也加入了議論。「我也聽說，有不少退休的軍公教人員現在都沒錢出國旅遊了，還有一些父母，本來每個月都要替孩子付房貸的，現在也被卡住了。」

我也要插嘴，「可是那些高官顯要都已經拿了那麼多年的18%，也該滿足了。而且從一開始，這18%的決定根本就是不合法，早就該取消的。全世界沒有別的國度，對少數群體有這種特別優惠的待遇。如果不改革，政府遲早會被拖垮。」

「政府怎麼會垮！只要多印鈔票不就解決了嗎？」

其實我對經濟理論一竅不通，再多說就會詞窮，所以不敢跟他搶辯。

我們吃到一半，我丈夫突然發現他的一個侄兒沒來。

我小叔說：「他去了大陸。」

「去旅遊嗎？」

「他跳槽了，如今在大陸一家銀行上班。」

「為什麼？」

「他在臺灣上了幾年的班，也沒得存錢。幾個月前有一家中國銀行來挖角，就雇用了他。人家給的錢比他原來的薪水多了幾倍，所以他就去了。」

「這一去，難道就不回來了嗎？」

二姑說，「也不會一去不回。其實大家都知道，大陸的公司到臺灣來挖角，用高薪利誘。可是兩三年以後，這些人的做事經驗和專門知識都被吸取了，他們就變成多餘的，就會被解雇，只好又回臺灣了。」

「既然知道會有這種後果，為什麼還要沾一身的腥？」

小叔苦笑了。「其實我們的商人到大陸去投資，開工廠，不是也一樣的被錢財所誘惑嗎？結果還不是得不償失？目前的臺灣不斷受到中國的擠壓，我們必須承受最大的考驗。」

那一次的聚餐使我惴惴不安，又加上天氣的燥熱，真覺得日子難過。

我們在臺北又滯留了一個禮拜，才坐高鐵去高雄。雖說高雄這地方我從來沒住過，但在我心目中，那是我的第二個故鄉；因為我的姐姐就住在那個城市。姐姐是我童年的生活中最重要的親人，我受她的照顧，真是無微不至。長大以後，離鄉背井，幾十年來，每一次回臺灣，我一定會去高雄找姐姐，而且在她家住下來就不想走了，就像回娘家一樣。我每一次出門就喜歡勾著姐姐的臂膀，走在街上，那麼溫馨，那麼逍遙。我們倆玩遍了高雄市的每一個角落，吃遍了大大小小的餐館。我們一起登高，一起遊湖，什麼壽山，西子灣，美濃，旗津，愛河，打狗英國領事館，嘉南大圳，烏山頭水庫……哪裡沒去過？我們也暢遊臺灣各地——南 ，澎湖，埔里，鹿港，北埔，小琉球。我們姐妹倆在一起的日子是我記憶裡最美好，最快樂的時光。

可惜那些無憂無慮的日子都只成了回憶。

如今到了高雄，我不再住姐姐家了，就住在愛河邊岸的一家旅館。當天兩個外甥攜妻帶眷，跑來與我們相聚，吃飯，話家常。我問他們，如今的臺灣是怎麼樣的情況。外甥說，「蔡英文是個女中豪傑，她敢做敢當。像18%這麼不合理的政策早就應該取消的，可是直到現在她當了總統才敢改革，可見她多麼有魄力。」

我提醒他，「可是好像有很多人把她罵得頭破血流呢。」

「這是免不了的。那些人都很自私，只在乎自己的利益。他們的收入減少了，怎麼不跳腳，不謾罵？不過臺灣也只有20%的人得到18%的優惠，其餘80%的人都沒有得到這種特殊的待遇，所以現在取消了18%，大部分的人都很高興，因為國庫不再被挖空了。」

隔天，我們一行人開車到屏東一家療養院去探望姐姐。不幸的她，一生的辛勞，如今染了病，身體衰弱得無法站立，雖然有話要說，卻已經無法以語言表達。雖然她生命的火花已快熄滅，但她的臉上還帶著笑，她的雙眼望著我，閃著愛的亮光。

望著她，我滿心的悲傷。

輯三

旅遊感懷——日本

泡湯

去年春天，我們幾對友好結伴參加了超值旅行團，到日本關東關西去玩。到了熱海時，大家聽說有湯可以泡，都興奮的不得了，只有我這鄉巴佬卻愁眉苦臉了起來。只因我曾聽說那些「有禮無體」的日本人喜歡光著身子，在熱騰騰的溫泉裡浸泡，還優哉游哉地談笑風生，顯得其樂無窮。讓人想不通的是，為什麼他們必須袒裼裸裎才過癮呢？隨便穿件游泳衣或綁個纏腰布，不是體面些嗎？

可是到了日本，你想要泡湯就非得一身不掛不可，這是他們的文化。你不脫光，他們就不讓你進澡堂。

那天下午，一抵達旅館，我丈夫就催促著。

「走，我們去泡湯。」

「算了，何必去丟人現眼？我在房間裡洗澡也是一樣。」

「妳不去多可惜！人家日本人把泡湯看成是一種難得的享受呢；我們既然到了他們的國度，就得入鄉隨俗。」

「可是為了洗個溫泉浴，就得在公共場所赤身裸體的走來走去，多尷尬呀！」

「人家才不稀罕看妳呢！更何況男湯和女湯是分開的，妳還擔心什麼？走吧走吧，再這麼推拖拉，澡堂就要客滿了，」我丈夫催促著。

我想了想，去見識見識也好。

於是，趁著別的旅伴都還在休息，我就匆匆地披上了日式浴袍，到澡堂去了。

那澡堂裡的服務生瞥了我一眼，便知道我是個菜鳥，她很親切地帶我到更衣室去，又遞給我一條小毛巾，然後示意要我把衣服脫掉。我望著那條迷你毛巾，真覺啼笑皆非；它只有一片土司那麼大，哪裡管用呀？

我忸怩了半天，才低著頭，遮遮掩掩地，狼狼狽狽地進了澡堂。

只見一個寬敞的大池，旁邊還有幾個小池，都冒著白煙。兩邊牆壁上，有整排的水龍頭，有小矮凳，小水盆，和洗髮精，肥皂等等。早有一二十個女人，或彎著腰，或坐在凳子上，或直站著，都忙碌地洗滌著自己。我不免好奇，偷眼打量著她們的身材，也趁機觀摩她們的洗法。她們洗得真是徹底呀！從頭到腳，每一分每一寸，都洗刷得晶瑩剔透，閃閃發亮！

我一邊偷看，一邊不禁好笑，心想，自己偷窺的心情，一定跟男人完全不一樣？

我也依樣畫葫蘆地洗刷了好久，終於才溜進了浴池。

一腳踏進去，真嚇了一跳！我的天，那水溫之高，實在讓人吃不消！簡直是滾水麼！我不過想嚐嚐泡湯的滋味，可不願跳進鍋裡去煮自己！我勉強泡了十分鐘左右，就覺得快要窒息了。本來想就這麼草草了事的；偏偏從眼角裡瞥見了我的兩個好友，她們走進來了！怎麼辦？總不能讓她們看到我赤裸裸的模樣？

不得已，只好又潛進水裡，躲起來，避避她們的眼光。

好不容易，我才窺見她們從浴池裡出來了。兩人光著身子，大大方方，坦坦蕩蕩地擺動著豐腰圓臀，相伴著到外面去享受那「露天風呂」去了。我心裡好生羨慕，不得不敬佩他們的自在與悠閒。等到他們的身影消失了，我才趕快爬出浴池，半走半跑地回到更衣室去。

那一次泡湯的經驗，並沒有留下什麼好的回憶；記得的，只是那裸露的尷尬，那燙熱的水，還有那些在我眼前晃動的胴體。

我想，嚐過一次泡湯的滋味，足夠了。

今年九月底，我們夫婦倆再度參加了超值旅行團，到日本北海道及本州東北地區玩了九天。此行的目的是要去觀賞秋葉。雖說我們住在紐澤西，每年都可以看到楓葉；但我還是想去看看，到底日本北海道的秋葉是不是更美，更豔，更燦爛？

說是要去看楓葉的；怎知，我們到達北海道時，漫山遍野都是綠油油的一片，只偶爾在山谷或溪畔驚見一抹紅豔而已，哪裡有一絲的秋意？我未免有點失望；可是繼而一想，人都來了，還去計較這些幹麼？況且我們的導遊說，來到此地，最吸引人的是可以天天吃鮮活的海產，和最美味的日本料理；而最受歡迎的活動便是到幾個著名的溫泉去泡湯了。我聽了她的話，未免有點躊躇了起來。說到吃海鮮和生魚片，那是我的最愛；至於泡湯呢，我就興趣缺缺了。

本來不想去泡湯的；但我這人舉棋不定，耳朵又軟。

丈夫說，「泡湯去吧。」

「不想泡；他們那麼討厭的規定，非脫光衣服不行。」

「脫就脫，有什麼了不起？」他很瀟灑地說，「花了那麼多錢來一趟，不泡可惜。」

我想想，他說的也沒錯；不得已，只好委委屈屈地跟在他身後去了。

此後接連五天，我們天天都住進溫泉旅館，天天去泡湯，天天睡榻榻米床。

登別溫泉

聽說這座溫泉是北海道最有名的，不但設備完善，而且泉質特佳；我想，不放開心胸，好好兒地享受，也真可惜。況且已經有了去年那一次經驗，這一回我不再那麼手足無措，躲躲閃閃了。

但仍改不了壞習慣，仍舊忍不住要偷偷地窺看我的「澡伴」。其實呀，看來看去，也就是那個樣。年紀輕的，帶著高挑的身軀，豐滿的胸，纖細的腰，阿娜的步態，令人神往；那年老的，彎腰駝背，胸乳低垂，皮皺紋深，令人不忍卒睹。還有那些跟我一般年紀的中年人，有的肥臀，有的滾圓的肚子，有的腿上青筋暴突；跟我差不了多少，都很不堪入目。

我在大浴池裡泡過後，又換到一個比較小的浴池去試，一跨進去，就聞到了硫磺味。後來才知道，登別溫泉的各個浴池的水都帶有不同的泉質，有的是硫磺泉，有的是鹽泉，有的是鐵質泉。對我這外行人來說，其實都是一樣。我在室內泡了後，仍覺意猶未盡，於是跑到戶外去，想嘗嘗到底「露天風呂」是何滋味。

原來外面是一座花園，有一道淙淙的湧泉，流入池塘。我溜進那池塘，只覺全身暖和而舒暢，原來溫泉的熱度被戶外清新的空氣給沖涼了。我抬起頭，只見天上明亮的月光，映照著從岩壁流瀉下來的瀑布，它閃動著銀色的水光。池畔那座石雕的燈籠，映照出園中幾株盛放的玫瑰。滿園的幽靜，只有我一個人。

洗了澡以後，身心很愉快，胃口也特別好；穿上那日式浴袍，到處逛，很逍遙。

湯之川溫泉

這座溫泉面臨太平洋，只聽導遊說，在浴池裡泡湯，可以眺望海洋。多麼詩情畫意的構想！

我本來已經準備去公共浴池了，我丈夫卻才發現，原來我們房間裡就有一個小型的溫泉浴池！

那私人用的溫泉池，雖然小巧，卻似精雕細刻的藝術品；它是一座石砌的方形水池，四周有石階可以跨進水深處；池旁有一座神龕，發散著幽柔的光。我們浸泡在那熱騰騰的溫泉水裡，身心都覺懶洋洋的，真有無比的舒暢。無意中抬眼一望，卻才發覺，原來窗外就是海灘。我依稀可以聽到海濤聲，可以看到月光下白色的浪花。

多麼奢侈的享受！

十和田湖溫泉

有一位日本文學家，曾論到日本絕景，他說，山唯有富士山；湖則唯有十和田湖。原來這座湖的四周都是懸崖絕壁；它隱藏在山林樹海中。日本人在秋季裡，都蜂擁到此地來觀賞那橘黃嫣紅的秋色。

這個溫泉浴池，就建在湖畔。它有一面牆全部是用玻璃造的；沐浴的人可以清晰地看到陽光下的湖光山色；也可以看到月光下粼粼的水波。

那一夜，我泡在浴池裡，突然有個醒悟，好像開了竅。我自問，為什麼我要羨慕那些年輕女人優美的體態呢？因為我看到的，是年輕時代的自己；那已逝的歲月，多麼令人眷戀呀。為什麼我看到那些年老女人畸形的醜態，會移開眼光，不忍多看？因為我看到的，是未來的歲月裡，變得老態龍鍾的自己呀。啊，歲月的無情，不都在那一間溫泉的澡堂裡呈顯無遺嗎？

那不就是人生嗎？

繫溫泉

這座溫泉在盛岡市，是本州東北地區出名的溫泉地。它前有湖，後有山，以風光明媚著稱。我們循著慣例，在晚餐前就去泡湯。

當晚，在餐桌上，有一位旅伴對導遊埋怨道，「我們男澡堂的服務生是個女人呢，她穿進穿出，我們都被她看得一覽無遺了。真是很不公平！」

那導遊笑眯眯地問，「你能怎麼樣？」

「我要到女湯那邊去當服務生！」

第二天，我們一大早就起來，繞湖逛了一圈，湖上的風光盡收眼底。

大觀莊，松島的藥泉旅館

大觀莊是個西式旅館，但有一半客房是日式的榻榻米房間；它是我們這一次旅遊住宿的旅館中最美麗堂皇，也是風景最美的住處。我們那個很寬敞，佈置優雅的房間正面對著松島灣，從落地窗望出去，那海灣的景色在夕陽中展現，就像夢境一般。松島灣是日本三景之一，海灣內散佈著兩百六十多個小小的島嶼；而且都長著松樹；有的島嶼小得像日本式的精巧玲瓏的盆栽，有的大得可以蓋寺廟，最出名的廟宇便是「五大堂」，它是松島的精神象徵。

那晚我在溫泉裡泡湯，一邊望著海灣；心裡不無惆悵。畢竟，這是我們在日本的最後一晚。它好像是一場宴席吧？都已近尾聲。

櫻花季

自從去年九月，我就開始為今春要去京都賞櫻的旅行而籌劃了。本來我們已經報名要參加旅行團的，可是繼而一想，旅行團最多只在京都住一兩天就匆匆拔營了，實在是走馬看花；乾脆來個自由行，在京都住上八、九天，也不怕看不到櫻花開放？而且我們可以自由自在的到處玩，到處吃，到處看。

二〇一八年四月七號，我們到了日本，從關西機場坐火車到京都驛；原以為這地方一年前才來過，不會有問題的；怎知在車站裡面繞了半天，卻怎麼也找不到第八號出口。我丈夫說，管它的，走出車站再說。沒想到，走出來了，卻發覺外面下著雨。我們各拖著兩個笨重的皮箱，在車站附近尋尋覓覓，明知道旅館就在附近，可是卻怎麼也找不到，真是又心焦又狼狽。我丈夫沒法，只好硬著頭皮用他自學的日語向路人探問。怎料那人竟說，這地方是後車站，而那個旅館應該是在前站；也就是說，我們還得回頭去找。可是前站怎麼去？我們已經在街上繞了老半天，如今哪還分辨得出東西南北？在灰心疲累之餘，只好攔下一輛計程車。幸好那司機有仁心，肯載我們走超短的一程，索價才六百五十圓日幣（約六塊美元）。

我們終於到達了旅館，那感激與釋然之心無法以言語形容。

我們剛踏進旅館的大門，迎面就有一股莫名的怪味衝鼻，我心裡叫苦，知道這下糟了。走進客房一看，怎麼能相信，竟會有如此狹窄簡陋的空間？就像火柴盒一般，連個轉身的餘地也沒有，更甭提衣櫥，行李架與保險箱了。就連枕頭也不算是枕頭，而是薄薄的榻榻米坐墊，塞進枕頭套裡面充數。浴室的毛巾，像抹布。我們呆呆的坐在床上，不知如何是好。我丈夫說，「妳什麼時候變得這麼寒酸，肯住這麼爛的旅館？以後都別找我一起出門！」

我聽了好難過。心想，這半年來為了這次旅行，真不知花了多少的時間與心神；怎料，如今卻被困在這間陋室裡，一籌莫展？我覺得很委屈，也很洩氣；其實不是我不努力，而是在這櫻花季節裡，京都旅館的房價猛漲了兩三倍，我們平常入住的旅館，在此期間一夜就要六百塊美元以上，若是Ritz Carlton那種五星級的飯店，則要一千塊美元才訂得到。我當時就想，有必要花費那麼多錢嗎？我們到京都來是為了賞櫻，一天到晚都在外頭奔忙，哪裡有時間享受飯店的水晶吊燈，寬敞氣派的廳堂，舒適的床，閃亮的浴室設備？我估計，一夜兩百五十塊美元的房價就夠了，省下的錢可以去吃各種的山珍海味。我已經把京都著名的餐館名字與住址都抄下來了，就等著去品嘗。誰知，為了一時的糊塗，如今竟落得住進這樣的房間！心裡好窩囊。我只好向丈夫道歉了，還對他發誓，以後不會再做出這麼愚蠢的事。

但是目前這處境該怎麼解決？我低聲下氣地跟丈夫商量，「我們既然已經付了八天的住宿費，現在要求退房也不可能了。就我所知，整個京都的旅館房間早都被訂光了，我們不住這間房，只好睡到馬路上。就忍耐幾天試試吧？我們離開京都以後還要去大阪住兩天；如果你真的不願意待下來，我們就更改機票的行期，提早回家吧？」

畢竟，我的丈夫還算是個講理的人，他勉強壓抑了心中的怨怒，將皮箱堆積在狹窄的走道上，然後我們就出門了，為的是想熟悉附近的環境。原來這一間旅館也有可取的地方！它的地點實在很理想，離京都火車站只在咫尺之遙，步行四、五分鐘就到！而且公共汽車的終點站也就在火車站的前面，真是太方便了；也難怪那間旅館雖然狹窄簡陋，卻爆滿。

我們跨進京都車站，才發覺那地方之大，簡直像一座城市，擁擠的人群來去匆匆，不知有幾萬人？我事先就知道這個車站的第十一樓是幾十家飯店聚集的地方，還取了個很吸引人的名字，叫「Paradise Eat」。我當然很好奇，就想去探查一番。我們從二樓跨上一座電扶梯，它一層一層往上爬，也不轉彎，直上第十一層樓。舉頭一瞥，竟看到蔚藍的天空，原來是個露天扶梯！那構想的新穎與創意，令人折服。我像跨上了神妙的天梯（stairway to heaven），可以直升天際。後來我又找機會去坐了兩次扶梯，為的是重溫那騰空而去的奇妙幻覺。這座自動手扶梯，又有個很適切的名字，叫『流水瀑布扶梯』，因為從扶梯走下來，它自然順暢的流程，就跟瀑布一樣。

那天晚上，我們就在火車站的第十一層樓『食的天堂』吃了一頓很可口的炸豬排及炸蝦套餐。不過為了吃那頓飯，我們在餐館門外站了一個多小時才入座。也難怪，我丈夫又是滿腹的牢騷了。

後來我才發覺，車站裡面就有一家巨型的百貨公司，還有上百家的餐館，數不清的糕餅店。從此我每天都要抽出一點時間到車站去逛一逛，進百貨店買些禮品；到糕餅店去買麻糬，日本饅頭等甜食，回旅館吃。

清水寺（Kiyomizu-dera）

第二天我們喫完早餐，就到火車站前面的汽車總站去排隊，要去清水寺。早有幾百個乘客擠在那裡等候了，幸好汽車班次很多，每隔一兩分鐘就開出一班，所以沒多久，我們就到達了那座著名的佛寺。那地方是我心目中最理想的賞櫻地點；記得十年前，我們就曾站在那寬廣的舞臺上，望著山下的櫻花林，是那種夢幻般的奇景，它視野的廣闊與燦爛的花林，令人難忘。可是那一天，又跨上舞臺，俯瞰的景色卻平淡無奇，沒有我記憶中那萬千櫻樹的繁華與豔麗；只見幾株櫻花在萬綠叢中做些點綴，如此而已。幸好寺廟外的庭院有不少櫻花正盛開，雖然當時下著毛毛雨，卻不減其嫵媚。我們從清水寺出來，在二年坂、三年坂的街道上漫步，欣賞著兩旁古色古香的老店鋪，老房子。有趣的是，那古老的街道上，竟有許多年輕女子，他們身穿日本傳統的和服，腳上趿著木屐，嬉戲笑鬧的到處遊逛。聽說她們身上的服飾都是租來的，只要付五十塊美元就可穿上一整天。那些和服是用廉價鮮豔的花布剪裁而成的，實在俗氣。還有幾個女人，大概是印尼來的遊客吧？她們頭上包著伊斯蘭教的頭巾，只露出深棕色的臉龐，身上穿著花花綠綠的和服，看了讓人忍俊不住。看到這許多冒牌的日本女孩充斥在街上，使我想起那些在百貨公司及餐館碰到的京都女孩的模樣；她們的衣著樸素而優雅，皮膚完美無瑕疵，步履輕盈，舉手投足之間顯出了嫵媚嫻靜的氣質。

哲學步道（哲学の道：Tetsugaku no michi），銀閣寺（Ginkaku-ji）

第三天，我們聽新聞報導說，今天是櫻花季的頂峰期；於是一大早就到公共汽車站排隊，要去銀閣寺。下車以後，也不怕迷路，反正就跟著人潮走。沒多久，眼前就是一條溪流，兩岸種滿了櫻花樹，整個步道都被花枝所遮蓋，真有世外桃源的景象。那些花樹如此繁華燦爛，讓人驚嘆；原來這便是哲學步道了。我們在人叢中穿梭，只想找理想的角度，把眼前的景色盡收入鏡頭，將來可以慢慢的回味。

我環視周圍的人群，看到的盡是欣喜歡樂的笑容。他們大概也跟我一樣，慶幸著自己的好運，能碰到如此春暖晴和的天氣，能碰到這麼難逢的時機，看到樹上的櫻花，一朵朵都那麼完美絢麗。那由衷的喜悅似有傳染性，都散放開來，洋溢在每一個人的臉上。那櫻花纖弱的美，多麼值得珍惜；連我那個平日不看花，不賞月的丈夫，也被周遭的笑臉與歡樂的氣氛所感染吧？他屢屢停下腳步，細細地端詳著樹上的花朵，不停地拍照，還讚嘆地說，「這些盛開的花，每一朵都那麼完美，真是神奇；而且這裡的環境這麼幽美，溪水又那麼清澈，還到哪裡去找？這趟旅行真是值得！」

其實這條溪流是人造的運河，只有兩公里長，但我們留戀在樹下，在橋邊，在溪旁，就是不忍離去。我心中雖湧現了無限的喜悅，卻也勾出了一絲的遺憾；心想，我這一生大概不會有機會再度回到這溪邊，重見這些花樹，重享這份天然的奇景吧？

等我們走到溪流的盡頭，已是下午兩點的時分。於是在溪畔一家很雅致的咖啡館的戶外雅座坐下來休息，喫了一頓簡餐，就繼續了我們的漫遊。原來哲學之道的盡頭就是銀閣寺。這寺院我們在一年前曾經來過，為的是要欣賞秋葉；如今重遊，卻不免有些失望了。這裡稀稀疏疏的幾株櫻花，被周圍的綠樹掩蓋了，哪能跟哲學之道的燦爛媲美？

嵐山（Irashiyama），渡月橋（Togetsukyō），天龍寺（Tenryū-ji），竹林

聽說渡月橋是賞櫻的絕佳地點，所以第四天我們就去了那裡。那座古舊的木橋，線條很簡單，也沒有修飾的顏色，它依山傍水，還有些人在河中汎舟，但周遭的景致並沒有什麼特色。岸邊有一些櫻花，可是沒有別的花樹，沒有房舍做陪襯，就不免顯得孤單乏味了。

我們度過橋，跟著人群往前走，來到一條熱鬧的街道。到這裡來，要看什麼，要往哪裡走，我們沒有一點概念。只見沿途有無數

的小商店，賣吃的，賣玩的，如此而已。走到盡頭，看到路旁有一個指標，說是前面有一座寺廟，叫天龍寺。我的丈夫耍賴，不願多走路，就說，「反正天龍寺也只是一座廟而已，有什麼好看的？京都這地方，一步一座廟，看多了一點都不稀奇。我們還是回市區去，好好吃一頓午餐吧？」

他就要往回走，但是我想，既然來到這地方，何不進去看看？我們根本沒料到，那座寺廟的庭院原來竟是一座被指定為世界文化遺產的著名花園。它的範圍廣大，有走不完的蜿蜒的步道，數不盡的奇花異草，舉目所望，萬紫千紅映入眼簾。我丈夫說，「幸好來了，不然就錯過了這麼美的庭院。」

走出那座庭院，便是嵯峨野的竹林步道了。其實我家後院就有『砍不斷，理還亂』的竹叢，每年春天都得與那蔓延的竹根拼鬥，所以每看到竹子，就不免產生了又愛又恨的矛盾心情。如今這座竹林，青翠茂密，可惜遊客熙熙攘攘，哪裡真能體會到空谷幽竹的意境？

伏見稻荷大社（Fushimi Inari Taisha）

第五天，我們決定去參觀那座著名的神社，它供奉的是諸位稻荷神，也就是農業與商業的神明。由於每年都有大量的香客到神社來祭拜，祈求農作豐收、生意興隆、交通安全，所以這裡便成為京都地區香火最盛的神社了。更特別的是，從古代的習俗沿襲到今天，到此地來許願的香客往往會捐款，用他們的名字在神社豎立一座鳥居來表達對神明的敬意。因此伏見稻荷大社的境內，那大小鳥居的數量真是驚人，也因此，那「千本鳥居」之名，聞名於日本全國乃至海外。

可惜我們去參觀神社的那一天，下著雨，實在很掃興。即使如此，遊客仍是擁擠不堪，不過每一個人都是濕漉漉的，也看不到一張笑臉。我仰頭看那沒有止境的鳥居，綿延不斷，直達山頂，心中不免產生了被擊敗的挫折感；那麼漫長的山坡，那麼濕漉漉的天氣，怎麼去攀爬？結果我們只走完第一段路程就放棄了。有人說，那壯觀的景象，使人深深的感動，心生敬仰。可是對我來說，那無數朱紅色的鳥居只不過是人們想巴結神祇的表態而已。倒是那些石雕的狐狸（稲荷神的使者），模樣非常可愛。

金閣寺（Kinkaku-ji），平野神社（Hirano Jinja）

我對金閣寺一向有偏見，覺得那金光閃閃的外貌有市儈氣。可是既然到了京都，不去那裡走一遭好像有點過意不去。所以拖到第六天，我們終於才去了那裡。

沒想到，以往的記憶似乎有一點差池，如今重遊，覺得那地方其實很能賞心悅目。黃澄澄的寺廟，很壯觀堂皇。周圍盛開的櫻花，呈現在池中的倒影裡面，似乎多了一層朦朧的美。還有那一座枯山水（karesansui）的庭院，也讓人停步，心裡猜度著，到底它有什麼含義？

離開了金閣寺，我們步行到平野神社去。只見神社的入口處擠滿了臨時搭蓋的食攤，旁邊還擺了好多桌子，都鋪了紅色的塑膠桌巾，非常顯眼。這樣的生意場所，哪裡像是個神社的所在地？這也叫「賞櫻」嗎？可以說，更像高雄的『六合夜市』呢。

令人傻眼的是，我們後來到祇園的八坂神社去參觀，竟然也看到同樣的景象。這兩座寺廟都有同樣的特點，那便是庭院裡有各種不同顏色的櫻花，都開得非常燦爛。但是櫻花樹下卻野草叢生，並沒有人修剪、照料；實在美中不足。這兩座寺廟都不收門票，也許因為資金不足，所以無法維持環境的清幽潔淨吧？

花見小路（Hanamikoji），祇園白川（Gion Shirakawa），鴉川（Kamogawa）

聽說祇園的白川是很特別的所在，所以第六天，我們一大早就去了。我們在祇園下車，街道擁擠，人來人往，但白川在哪裡，該怎麼去？我們沒有一點概念，只好在街上晃蕩。恰好路過一家禮品店，我看到櫥窗裡擺了一些木雕玩偶（kokeshi）；於是就進去買下了這具玩偶；這是我喜愛的擺飾。

那個店主知道我們是迷路的遊客，於是很細心地指點我丈夫怎麼走，也給了他一張祇園的地圖，還一再吩咐，要先找到『花見小路』，從小路走到盡頭，就會看到白川了。

花見小路，多麼美的街名。其實我們十年前曾跟隨旅行團來過，可是如今對它的記憶已模糊，只知那是一條日本傳統的花街，一直保持完整原貌的小街道。如今又來到這個地方，只見街上鋪著整齊的石板，兩旁皆是茶屋與料理亭；這些店鋪的外表跟別地方的店面不一樣——古老的木造建築，門戶虛掩；黑色的格子窗櫺，用竹簾遮掩，真是充滿了情趣與古典風味，頗能引人遐思。

走完那條花街，便有一條渠道呈現在眼前，原來那便是白川。白川是一條小小的運河，有幾座小巧的橋跨越其上，河水清澈，河岸種滿了櫻花與柳樹，其間夾著幾株紅色的垂櫻，滿眼的繽紛。又見溪中有一兩隻捕魚的鷺鷥，因為有彩色鮮明的水仙花所襯托，呈現出一幅令人難忘的美好畫面。

圖：白川的鷺鷥與水仙花

白川沿岸的餐館和茶屋可俯瞰運河，由於離開大街有一點距離，比花見小路還要恬靜，也更充滿了隱祕。聽說夜幕低垂時，這條短短的街道最是迷人，兩旁傳統的木造建築懸掛著燈籠，散發出暗淡柔光，使已逝的古老京都，像奇蹟一樣又呈顯在眼前。

我們為了體驗那古老的時光，於是在隔天的晚上又重遊此地。果然，整個街道隱隱約約的，顯得那麼浪漫，真是令人陶醉，不忍離去。

大阪

離開京都，到了大阪。我們選了一家河岸的餐廳，坐在臨窗的桌位，俯瞰著窗外河流的景色。原來這條河的兩岸也有數不清的櫻花樹，又有不少遊艇在河中行駛。我丈夫不禁心動了，他說，「我們去遊河吧？」

於是吃完午餐後，我們一路找，找到了船塢，坐上了遊艇，在午後暖暖的陽光下，任由水波悠悠蕩蕩，河岸的櫻花迎面而來，看不盡那萬花怒放，度過了一個美麗的下午。遊艇上的導遊說，那條河叫「大川」，兩岸種植了四千八百株的櫻花樹，而我們坐的船就叫「大阪櫻花遊覽船」。跨河的一座橋叫「天滿橋」，那裡大概是賞櫻的地點吧？只見橋上擠滿了人。

第二天，我們漫步到「大川」的河邊。那天恰好是星期天假日，陽光暖暖的，所以河邊的步道兩旁，有無數的小吃攤，都擠滿了人。我們跟著人群觀賞櫻花，時而停下來聽江湖的賣藝人演唱，悠哉悠哉的，實在很愜意。無意間抬起頭來，竟看到橫跨在大川上的「天滿橋」，不知何時竟擠滿了人；我們不曉得發生了什麼事，於是趕緊走過去，想探個究竟。到了那裡，看見橋上到處都是警察，以為出了什麼事，原來他們在指揮交通，也指揮群眾。那洶湧的人潮擠得讓人沒有周轉的餘地。他們川流不息，卻很有秩序地走上橋，然後在橋上緩緩地移步，望著河流上游的景色，然後向前行，繞過橋頭，走向橋的另一邊，繼續觀賞下游的景色。我看到橋的兩端都豎有牌子，上面寫著「花見」兩個字。原來千千萬萬大阪的老百姓，在那個星期天的下午，都同時擁到「天滿橋」上來了，為的是什麼？為的要賞花！他們想要看河邊的櫻花最後一眼嗎？要向已經漸漸褪色的花道別，等明年再相見？

為什麼日本人對櫻花情有獨鍾？是不是那小小的花朵，柔和、多姿而燦爛，在他們的心中顯現出無以言喻的神秘與魅力？那遍佈在鄉間與都城的櫻花樹該是他們的國寶吧，使他們引以為榮，也成了他們精神上的寄託？我看到許多年輕的父母，懷裡抱著嬰孩，站在樹底下，一邊指點著櫻花給那還不會走路，不會說話的寶寶看，還一邊低柔地說著話。他們大概要讓孩子從襁褓時期就開始體驗到櫻花的美，它代表大自然的能耐，也代表春天，一個新季節的到來。他們如此灌輸，在幼兒的心中培植了對大自然的敬仰，對櫻花的珍愛。櫻花的開放，鼓舞他們的一生，使他們努力向上，勇敢地迎接新的挑戰。

哈日族

去年十月底，我們夫婦倆參加了『超值旅遊』到日本的本州中部地區觀光，為的是要欣賞楓葉。我們爬上了松本城，暢遊了金澤的兼六園，倘徉在五箇山，合掌村的集落，看到了滿山滿谷的秋景；還洗了五次溫泉浴，吃了一餐又一餐精緻的日本料理，睡了幾夜的榻榻米床鋪，真是很奢侈的一種生活體驗。旅行團在名古屋解散以後，我們坐上新幹線，又開始了另一個旅程，在京都一家旅館下榻，每天自己出去闖，坐公共汽車到處跑，雖然沒有華屋可住，沒有溫泉浴可泡，也沒有宴席可吃，但我們享受的卻是另一番滋味。畢竟『自由行』真是自由，可以隨心所欲，在大街小巷漫步。後來我們又坐了新幹線到姬路城去參觀，到東京重遊成田山；身心多麼舒暢。

然後飛到臺北。我問小姑，附近有什麼日本料理店可以光顧？她說，妳不是剛從日本來嗎？不是吃膩了日本料理嗎？我想，她說的沒錯，既然回到了故鄉，渴望的應該是蚵仔煎，麻油雞，滷肉飯？可是，吃了將近二十天的日本料理，我不但很能適應異國的風味，而且好像吃上了癮。最使我難忘的是，他們的料理及糕點都那麼精緻美觀，不但好吃而且好看，他們每端上一盤菜，一碟點心，都像呈獻上一件藝術品一樣，讓人讚嘆。

小姑笑說，「妳和哥每次回臺灣，就會去日本繞一趟，大概都已經變成『哈日族』了？」

什麼是哈日族？我從來沒聽說過，也不懂得它的意思。後來經她解釋，才知道原來這是個新名詞，專指一些臺灣人，特別是年輕人，對日本的一切都很喜歡，愛慕，不管是每天生活中所使用的器具，或文化的趨勢，娛樂的節目，服飾的潮流，都趨之若鶩。也就是說，他們成了Japanophile。

我捫心自問，難道我真的成了哈日族？這是不可能的事，因為我對日本的了解很有限，只不過看到一些皮毛而已，所以怎麼可能產生愛慕的心懷？而且，在成長的年歲裡，我受父母的影響，對日據時代臺灣人所嘗受的異國統治的哀痛與恥辱，很自然地引發出同情心與對侵略者的敵視。這個歷史的包袱一直藏在我的心裡。

可是年輕一輩的臺灣子弟對這段歷史已不復記憶，他們沒有懷舊的心理，也沒有仇視的態度。所以他們成為『哈日族』就不是那麼難以理解了。

不過心裡含糊不清的態度，並沒有影響我對日本料理的喜愛。記得小時候，我母親偶爾會做壽司，烤豬排，烤旗魚，煮味噌湯。但那只是想換換口味而已，我們幾個孩子並不特別喜好這些食物。可是，如今年紀越大，我對食物的喜好也有了改變，對濃郁的，油膩的菜色，還有大魚大肉，開始排斥，而偏愛清淡的食物。尤其是魚類，我從小就不喜歡，什麼虱目魚，土魠魚，都避之唯恐不及。可是日本人吃魚的方式不一樣，大多是用烤的，或者生吃，都很適合我的口胃；因為烤熟的魚很香，而沒有煮過的生魚片，不會有腥味，吃起來滑口清爽。

日本還有一樣食物，我也喜歡，那便是他們的『拉麵』。照理說，這料理是模仿中國的湯麵而成的；可是日本人模仿的能力很驚人，他們學習了以後，加以調配，然後漸漸地，那湯麵就以新姿態出現，儼然成為他們的創作了。

但是『哈日族』不祇對日本的食物有所偏愛吧？聽說有好些臺灣的旅客到了日本以後，第一件事就是買日本製的抽水馬桶蓋。因為它會噴熱水，能履行諸般多樣的清洗工作。如此出奇制勝的小玩意，是臺灣人熱賣的商品，是改良生活品質不可或缺的裝備。還有日本製的一些成藥，也是許多臺灣人非買到不可的寶貝。這些對我來說，真是不可思議。

至於日本的精神文明，在臺灣也是人人稱羨的。我們一向都聽說臺灣是文化沙漠，根本沒有人看書。而日本人呢？他們的求知欲就像海那麼深，一年不知看了多少書！怎不讓人羨慕？你看他們的上班族，每天坐在火車上，人人手中一本書，都很全神貫注。但你要是伸長脖子窺看他們手中的書，你就會發覺，他們看的大多是漫畫故事！

你若看他們的電視節目，特別是綜藝節目，你會看到舞臺上一群小明星，小歌星，都擠在一起，說唱笑鬧，矯揉造作，實在很無趣。可是回頭看臺灣的電視綜藝節目，竟然是日本的翻版。可見臺灣真的喜歡向日本看齊，沒有一點創意。

至於日本的電影，我知道有個黑澤明，他曾把日本的文化提升到藝術最高的境界，讓全世界的人刮目相看。可惜現在日本的電影界發展到什麼地步，我不得而知，也無法批評。

我知道日本有藝妓，那也是他們特有的一種文化吧？我們在祇園（Gion）散步，偶爾會看到那些化妝得很奇特的女人，手臂裡挽著一個包袱，在昏黃的街道上匆匆路過。如果說她們代表了日本的一種文化，那麼她們是不是已逐步走入歷史的黃昏？

日本也還有『能劇』和『歌舞劇』，可惜因為語言、文化的隔閡，使得外國人無法接受或欣賞，當然更無從模仿了。在運動方面，他們最特別的一項競技，大概是『相撲』（sumo）吧？兩個超胖的男人，在小小的競技圈內扭打，誰先把對方絆倒或逼出競技圈的就是勝利者。我初次在NHK電視節目裡看到相撲時，不免吃驚，也覺得好笑。真不懂，為什麼故意把那些人養得那麼肥胖？可是看了幾次以後，我竟看出趣味來了。這一點，我必須承認，我有『哈日族』的嫌疑。

至於趕時髦，我在東京的街道上，看到一些年輕女孩穿著很奇怪，長筒靴，超短的皮製裙子，頭髮染成了紅色或金色。我無法了解，為什麼她們要染髮？難道她們染了頭髮就會變成洋人？這不是自我欺騙嗎？難道她們沒有一點自信，非得以假洋人的形象呈現在別人面前？

回到臺灣，我看到不少年輕人也染了頭髮，乍看之下，還以為是洋人呢，但再仔細瞧瞧，他們明明是黃皮膚，扁鼻子，杏仁眼麼，為什麼他們要否認祖先的承傳？這種假洋人的現象，大概也是哈日族的另一寫照？

這些年輕人成了『哈日族』，因為他們想模仿日本人；但日本人卻很崇洋，想當洋人。在我認識的日本女性朋友與同事當中，我發覺他們有一點很特殊的傾向，那便是，他們喜歡與洋人結婚。這大概是日本男人很霸氣，他們那種大男人主義的作為，很使女人吃不消，於是她們乾脆就找異國的伴侶？可是日本男人呢？為什麼他們也找洋女人結婚？日本女人不是很溫柔體貼嗎？難道說，日本女人外表看似溫柔，其實在家是母老虎，是幕後的操縱者？或者，日本男人，因為崇洋的心理在作崇吧，都以娶洋女人為傲？

日本崇洋的心理，是不是也呈現在他們的語言上？過去他們大量地使用漢字，但那已是久遠的史跡了，現在他們喜歡採用西洋人的語言。好笑的是，他們把外國話參雜在自己的語言裡，還特別稱呼它為『外來語』。這倒是無可厚非，糟的是，他們祇學了一半，用洋字，卻不用洋人的念法，而改成日語的發音，舉個例吧？他們把butter說成bata，把hotel說成hotelu，把sandwich說成sandoitchi，把book說成buku。這些變了音的外來語，日本人彼此聽得懂，西洋人卻莫名其妙。也因此，日本人產生了自卑感，一走出國門就變成了啞巴，因為他們知道別人聽不懂他們說的話。

雖說我絕不是哈日族，但是我也不能否認，日本人有許多可取的地方。比如說，他們對文化遺產的維護與尊重，使得一些城市，像京都，熊本，金澤，合掌村等地方，都充滿了古代的史跡與風貌，使人敬佩，也讓人流連忘返。

我也覺得日本人的工作態度認真嚴肅，很有敬業的精神。我以觀光客的身分，看到的是藝術家與工匠的作品，他們對藝術的創作都帶著使命感，即使是一個普通的庭院修剪工人，也那麼全心全意地付出，對一枝一葉都那麼細心地照顧，無非想把庭院最好的一面呈現出來。還有做陶瓷，染布，洋娃娃等工匠，他們也都以不懈的精神，希望能夠盡善美地展示他們的藝術修養。甚至一年到頭在田間勞動的農夫，他們也以種出最完美的農作物視為一生的志業，努力不懈。

日本人愛乾淨，也是值得仿效的。他們街道的潔淨，房舍的纖塵不染，使人不得不敬佩。這當然是他們從小就被灌輸了愛乾淨，注重衛生，遵守秩序的美德，這樣的教育真是讓他們一生受用不盡。

但日本人最不同的是，他們的審美觀，顯現在日常生活的每一細節，每一個角落。最使我感動的是櫻花季節，他們對美的追求，表現得淋漓盡致。我們到華府賞櫻，看那幾千株的櫻花樹都整整齊齊地排列在Tidal Basin的四周，我心裡不免怨嘆，為什麼會如此呆板？為什麼他們不能像京都，將櫻花很有韻致地散佈在整個城市，如此造就成一座讓居民生活其中的廣大花園？但繼而一想，其實這不是件易事，那是京都的居民用一千多年的時間，幾百個世代的努力，連續不斷，細心的培植才得到的成果呀。

我們去京都的銀閣寺參觀時，看那細緻，精雕的園景，真像夢境一般，使人流連不忍離去。我們站在山徑上，往下看著園中的那座銀沙灘，我心想，多麼有創意，多麼引人遐思的構想。可是丈夫卻嘀咕地說，「那些和尚整天沒事幹，就拿著竹耙，耙著細沙，製造人工的波浪和假山，真是浪費時間和精力。」

我想，要討好每個人實在不容易。

輯四

旅遊感懷——中東

拜金者的世界

忘了是哪時起，我開始注意到中東有一座城市叫杜拜（Dubai）。它原是一片荒野的沙漠，幾千年來一直是阿拉伯游牧民族休憩的地方。沒想到，在一九六〇年代，他們在沙漠底下發現了石油與天然氣，於是一夜之間，那些身無分文的牧民驟成了錢財滾滾而進的富豪，而他們的社會與經濟也隨之經歷了一百八十度的轉變。從此，杜拜這名字經常在世界各報紙雜誌及電視上出現；只見他們一下子建世界最高的大樓，一下子蓋世界最昂貴的旅館，完全是一副暴發戶的姿態，真是急不及待地要向全世界炫耀他們的財富。全世界的人都以又妒又羨的眼光看著它起高樓，挖人造湖泊，填土築人造島嶼。於是人們一窩蜂地湧向那一座城市，無非想親眼目睹金錢的魅力，以財富堆砌起來的奇蹟。

其實，杜拜如此並非全為了誇耀。只因此地的石油蘊藏量並不多，不出十年就會告罄，所以當政者決定發展旅遊業，投資房地產，建造大型的購物中心，藉此吸引外來的遊客。可惜的是，他們日以繼夜地蓋摩天大樓，實在擴建得太快，因此產生了供應超過需求的困境。到了二〇〇八年剛巧又碰到全球性的經濟大蕭條，使得此地的房地產價值跌落了百分之六十四以上；許多公寓、辦公大樓都沒有人問津。有一陣子，連那一座世界最高的摩天大樓都因為資金不足而停工。幸好現在情況好多了，如今房子的居住率已提升到百分之八十左右。

人家都說「哈里發塔」（Burj Khalifa）有多高，都說棕櫚島的別墅有多奢華，帆船酒店（Burj Al Arab）有多富麗堂皇。那酒店自稱是世界唯一的七星級飯店，它的皇家套房一夜的房價高達美元一萬八千七百元！真是貴得離譜。可以說，帆船酒店為盛名所累，成了觀光客不能錯過的一個重要的景點！他們慕名而來，早訂了桌位，要到那裡吃中餐或下午茶（晚餐實在太貴了，划不來！），無非想沾點富貴豪華的氣息吧？回到家以後就可以對親友炫耀了：我們曾是帆船酒店的顧客，我們曾坐在那氣派非凡的餐廳裡品嘗到世界最高級的酒店所羅列的午餐、茶點？

你可以想像吧？一群風塵僕僕的遊客，身穿便衣，腳上趿著球鞋，大夥兒闖進了那皇宮似的餐廳，是不是很顯眼？我想，你若真要去體驗那奢華，乾脆就住進酒店去吧？也不必住皇家套房，一般的套房一夜只要美元一千塊就夠了。入夜以後，先去洗個澡，把白天裡到處奔波的疲累與灰塵都洗盡，然後略施脂粉，換上一件合身的洋裝，腳踏入時的高跟鞋，手掛在男士的臂彎裡，兩人悠閒地步入餐廳，挑個臨窗的桌位，欣賞著杜拜夜景。這樣才算真的體嚐到富貴奢華的滋味？

我自認不是個拜金主義者，杜拜絕不是我嚮往的地方，它對我沒有絲毫的吸引力。可是我就沒料到，竟然有這麼一天，我會踏上前往杜拜的旅程。

事情是這樣的，幾個月前我那一向懶得出門的丈夫，突然間提議要去杜拜看一看。原來他有一位球友，幾次三番地對他遊說，把杜拜說得天花亂墜。丈夫未免動了心，於是答應同行。我很不以為然，只當耳邊風。他卻一再嘮叨，「走吧走吧！去看看杜拜，開開眼界有什麼不好？反正在家也沒事，每天只是吃飯睡覺。」

我想了好久，畢竟他說的也沒錯，去看暴發戶怎麼花錢。大概也算是一種消遣吧？於是在二〇一三年三月初，我們夫婦跟隨了他的球友，千里迢迢地來到這個城市，開始了十二天的旅程。

我的第一個印象是，杜拜滿城都是簇新悅目，線條優美，設計新穎的高樓大廈，真是美不勝收，令人神往。可惜的是，那沒有被高樓大廈填滿的空地，皆是寸草不生，光禿禿的醜陋，沒有花，也沒有樹。

第二個印象是，不管到哪裡，我們所碰到的計程車司機，紅帽子，清掃工人，餐館跑堂或店裡的伙計，幾乎都是清一色的皮膚黝黑的印度人。這現象使我很迷惑，到底我們來到了什麼地方？是杜拜，還是印度首都新德里？後來聽導遊解說，才恍然大悟，原來這地方的居民只有百分之十八是阿拉伯酋長國（United Arab Emirates）的公民，其餘的全部是從臨近幾個國家移民到此的外勞。最多是來自印度和巴基斯坦，孟加拉國以及菲律賓；還有一些從非洲來的索馬利亞和奈及利亞人。他們沒有什麼法律的保障，更沒有任何優惠的待遇，一犯法就會被驅逐出境。他們窮其一生也不可能取得公民權；就連他們世世代代的後裔也脫不了「外勞」的身分。好笑的是，此地的官方語言是阿拉伯語；可是到底有多少人會說阿拉伯話？大多數都是用英語。只不過，他們說的英語並不是你我能了解的語言，而是雜七雜八，荒腔怪調，數種語言胡亂湊在一起的大雜燴。所以不管是走在街上或者到美輪美奐的超大型購物中心去逛，你會有「不知身在何處」的迷惘。

到底這世界上有幾個國度，它境內的居民竟然絕大多數（80％）是外國人？你能想像嗎？如果有一天你回臺灣，發覺在路上走的人，在百貨公司服務的店員，在餐館、飯店的服務生，蓋樓房的建築工人，還有開計程車的司機，都是清一色的菲律賓或印尼人，請問，你會有多大的震撼？臺灣，還算是你的故鄉嗎？臺灣話，算是你的母語嗎？

Souk

我們第一天下午就由導遊帶領，參觀一座博物館，一座清真寺。我看來看去，並沒什麼深刻的印象，只覺得這地方沒什麼文化，博物館裡展示的，無非是游牧民族的生活與起居所用的器具而已；他們的學校很簡陋，他們的教材只用古蘭經。

然後我們到了著名的Dubai Creek的邊岸，那是杜拜的發源地，熱鬧非凡。我們坐上舢板以後，在水中與好多船隻搶著水道，大家撞來撞去，蠻好玩的。上了岸以後，就開始逛souk。所謂souk，就是阿拉伯的露天市場。我們在蜿蜒的巷子裡貫穿著，沿途有無數的金樓與銀樓，真是金光閃閃，讓人眼花繚亂。更有數不盡的布店，香料舖等等。導遊說，這種市場並沒有公定價，你如果不想吃虧，就要懂得怎麼討價還價。他說通常殺價可以減到30至40%以上。我想，討價還價的本領我是沒有的，況且我又不懂得穿金戴銀，買了珠寶有什麼用？所以只買了幾包棗子，幾包杏仁巧克力而已。雖只是花了區區幾十塊錢，卻還遭到一個同伴的嘲譏；她說我是冤大頭，那麼昂貴的蜜餞與糖果胡亂買一大堆，也不懂得討價還價？我半信半疑，回旅館以後取出一包棗子出來數一數，果然她說的沒錯，十幾顆大棗子就花了我二十多塊錢的美元。

Burj Khalifa and Dubai Fountain

我們到了杜拜的第二天，就去「哈里發塔」參觀，到第124層樓欣賞市景。我俯視腳底下的城市，除了那些讓人讚嘆的高樓大廈以外，映入眼簾的是灰濛濛，黃褐色的沙地，光禿禿的沒有任何生機，沒有自然悅目的美景。多可惜呀，如果他們把沙漠空地綠化了，那麼整個城市的景觀會變得多美！

我心裡正感到遺憾呢，無意中往下瞥了一眼，卻驚見一幕生動活潑，千姿百態的景象！原來「杜拜噴泉」（Dubai Fountain）就在此時開始展現它的舞姿！那座噴泉建造在一座人工湖裡面，是由五座大小不同的噴泉合組而成的，還裝置了6600座超亮的燈；25座放映機，把噴射出來的水照亮，照活了。那無數噴射的水柱，配合著燈光的照射與變幻，按照音樂的韻律，翩翩起舞，直像一個個舞姿曼妙的女子，那麼搔首弄姿地搖擺了起來，多麼神祕，多麼戲劇化的表演！

原來那噴泉與一般的噴水池不一樣，它會跳舞，所以叫「dancing fountain」。它隨著不同的音樂，精心設計了舞姿。我最喜歡的是一首叫「Shik shak shok」的歌曲，它帶著中東的肚皮舞歌曲所特有的韻律，而那噴泉的水，竟隨著歌聲，展現出誘人的輕軟，曼妙的姿態，那真是夢幻般的景象啊。

我們在那裡停留了兩個多小時，看了五次噴泉的表演，終於才依依不捨地離開了。

那麼神奇而美麗的噴水池，怎不令人流連忘返？但那是花了兩億一千八百萬美元（US$ 218 million）所換來的奇觀。古人說，「有錢能使鬼推磨」，真是沒錯！

Desert Safari

當你看到safari這個字時，腦海裡大概會浮起一幅很生動的影像吧？在一望無際的非洲草原上，一個穿獵服的男人，提著一把槍，躲在高高的草叢裡，窺探著遠處的野獸，然後在適當的那麼一剎那，他舉起槍，射死了一隻猛獸！多麼血淋淋，驚險的一幕！

後來旅遊業興起，所謂的safari已完全改變了面目。再沒有槍，沒有血淋淋的屠殺，沒有驚心動魄的冒險。有的，只是一輛吉普車，載著旅客，一路沿著大草原的泥土路慢慢地行駛著，大家左看右看，引頸眺望，急切地搜索著草原上的一草一木，希望能瞥見獅子，花豹或大象。若看不到猛獸，那麼長頸鹿也好，斑馬也好，土狼也好。那種期待，真帶點兒冒險的意味，總比上動物園還有趣。

然後旅遊業者更進一步，把safari搬到沙漠去。如果你想像中的Desert safari是一個獵者，頭上帶著布帽，手中提著槍，肩頭掛著一壺水，悄悄地匍匐在沙丘上，眯著眼，把心神完全集中在周遭的動靜。然後一隻兔子跳出來了，他舉起槍，瞄準了那兔子……。其實Desert safari完全不是那麼一回事。

我們一行六個人，在下午三點鐘左右乘了一輛豐田的巡洋艦（Toyota Land Cruiser Prado）出發，要去參加Desert Safari！車子開了不到一個小時就到達沙漠。下了車，放眼望去，只見起起伏伏的沙丘，一望無際地延伸到天邊。這時太陽還很熾烈，把那數不盡的褐黃的沙粒照得發亮，散發著蒸騰的熱氣，讓人無處躲藏。我們忙著照相，而我們的司機卻忙著做準備，他度量了四個輪胎的氣壓，然後小心翼翼地將飽滿的車胎氣壓放散。如此搞了好些時候，終於他才滿意了，可以上路了。我們有八輛車形成一個車隊，一輛跟著一輛，依照順序往沙漠駛去。就這樣我們開始了「沖沙」

(sand bashing)。

是怎樣的一番冒險與折騰！事先我聽說了，在沖沙之前不能吃太多，怕肚子承受不了那顛簸。可是我沒想到，它竟是那麼緊張刺激，讓人驚恐，令人震顫，像坐上了雲霄飛車，把一條老命都豁了出去。我們的車子在沙漠中上上下下地橫衝直撞，有時往沙丘的頂峰猛衝上去，然後直向沙谷奔馳，似乎完全失去了控制，沒有了地心引力！有時那車子不往上爬，也不往下衝，卻急轉彎，沿著山腰橫竄，輪胎激起了滾滾的飛沙，車身傾斜地往前衝，似乎隨時都會翻落到谷底！幸好我早看到車頂上有特別的裝備，用幾條鋼筋鞏固住了，所以即使車子翻滾下去，也不怕車頂會塌陷下去，把乘客壓扁。

我們像布娃娃，無助地被關在車子裡，任人折騰。幸好每隔二十分鐘左右，車隊就停下來休息，讓車子的引擎冷卻，也讓乘客喘口氣，定定神。

如此走走停停，我心想，這沙漠也有個盡頭嗎？終於到了黃昏，沒想到，太陽一下子就不見了，夜色已逼近。車子在黑暗中摸索了好一陣子，才開出沙漠，來到營地。早有一群大大小小，老老少少的駱駝在那裡迎接。我們和那些長得奇形怪狀的動物照了好幾張相片；牠們都很溫馴，並不是我想像的那麼壞脾氣，會咬人。我們同伴裡有幾位女士很勇敢，騎了駱駝去兜風。我卻放棄了，心想，萬一從駝峰跌下來怎麼辦？這地方人生地不熟，語言又不通，還是不要冒險的好。如今回想，不無後悔，覺得失去了一次大好的機會。畢竟人生苦短，不知道今後是不是有緣再與駱駝見面？

晚餐是烤肉，有雞有牛有羊，還有一盤又一盤奇奇怪怪的食物，我看不出，也猜不透那些都是什麼料理，到底是用什麼材料做出來的；只聞著那陌生而怪異的香料味道，我的胃口已全無。我什麼也不敢嘗，只吃烤雞。餐後，有咖啡。雖說是咖啡，但它卻絕不是我所熟悉的咖啡味道。他們的咖啡裡面不放糖，不放奶精，卻放了很奇怪的香料。他們要你一邊喝咖啡，一邊嚼棗子，為的是取其甜味。我聞那味道，實在沒勇氣去品嘗，只好喝可口可樂了。哎，像我這麼沒有冒險精神的人，即使跑遍天涯海角，也嘗不到什麼情趣，體會不出異國的風味。

▍圖：與駱駝合影

收拾好餐碗，便是餘興節目。一個中年的肚皮舞孃上場了，她胖胖的，說得好聽一點，很豐滿；她沒什麼腰身，卻有鼓鼓的肚子。她下場以後，我以為節目就此結束了，沒想到音樂又響了起來，只見一個穿了寬大長裙的身影在門內走動，可是音樂奏了半天，她卻遲遲不肯露面。

終於那舞女帶著蹣跚的腳步走進場了，卻原來是個舞男！他戴著頭巾，穿著單色的鮮明衣褲，上身加上一件色彩鮮豔的緊身背心，底下是四五條層層疊疊，花色豔麗，圖案各異的長裙。此時音樂又開始了，那是典型的中東音樂，哀哀的，單調的，似乎有述不盡的埋怨，實在一點都不動聽！他開始以逆時針的方向，隨著音樂的節拍旋轉了起來。這一轉，他不曾停下來，直到半個小時以後舞蹈結束為止。

多麼讓人難忘的舞藝！他身上的裙子輕輕地飄起，一圈圈，像流水般的優雅舒暢。然後他解開了最上一層裙子，開始用手旋轉，從腰部往上挪動，越轉越快，成了一把鮮豔的巨大花傘。然後他又解開了第二層裙子，兩件裙子旋轉著，形成了鮮明豔麗，變化萬千的圖案。突然全場燈光皆暗，只剩下舞者的衣裙，閃爍著五彩繽紛的光影。那不停旋轉的光圈，形成不斷變化的花樣，有時像巨型的陀螺，有時像飛碟，它們上上下下，高高低低地舞動，形成耀眼的，讓人眼花繚亂的奇觀。那舞者純熟的舞姿，使人陶醉，讓人稱奇。

在回旅館的途中，我問那司機，剛才看到的那一場舞蹈叫什麼名堂？他說，那叫Tanoura Dance，是埃及的一種民族舞蹈，由一種古老的宗教儀式中的舞蹈脫穎而出，如今很受觀光客的歡迎。

我也因此開了眼界。

Sheikh Zayed Mosque

我們一路走來，參觀了不少清真寺，那些舊的寺廟，皆是泥牆草屋。可是沙漠中湧出來的石油，使清真寺的外貌完全改觀。阿布達比的大清真寺真是美得令人神往，大得令人讚嘆。可惜我不是回教徒，所以那座清真寺並不曾在我心中引發出敬畏與崇仰，卻只估量著，到底那些掛在大廳裡的水晶燈有多貴？那條世界最大的地毯值多少錢？那些鑲在屋頂的純金裝飾有多重？

我幾次到巴黎的羅浮宮去參觀，滿心的敬佩與讚嘆，卻從來不曾在心裡算計著，這皇宮，這幅畫，這座雕刻到底值多少錢。可是這一趟中東之旅，使我在不知不覺中把所看到的事物都標上了價目。這並非因為我的價值觀有了改變，而是這地方，這幾個阿拉伯國家很不同，他們要你用金錢來估量他們的成就，他們以擁有巨大的財富自豪；而我們也只能用勢利的眼光來衡量那展現在你眼前的一切。

輯五

旅遊感懷——非洲

妳看到獅子了嗎？

我平日在家過的是平淡的生活，過久了，免不了想出門透透氣。所以當一位朋友相約去非洲看野獸的起居時，我們夫婦倆就興沖沖地報名了。多麼令人興奮呀，說不定這次可以看到獅子！

我喜歡看一些報導野獸生活的電視節目，尤其是獅子，牠們過的是群居的生活，一夫多妻制。肚子餓了，那一群母獅就群起圍攻獵物；那種鏡頭，真是令人驚心動魄！我常好奇地想，到底這些母獅子是用什麼方式溝通的？牠們怎麼商討戰略的佈局？偶爾，牠們會野心勃勃地想拖垮非洲野牛，可是想得容易，做起來很難。野牛豈是那麼好惹的？那些母獅鬥不過，只好請求那整天睡眼惺忪的雄獅幫忙了。那雄獅睜開眼，抖一抖牠巨大的頭顱，然後衝鋒上陣，猛勇地奮戰。果然牠一出面，情勢馬上看好，大蠻牛只有投降挨宰的份了。於是皆大歡喜，一家大小獅子都圍上來，吃個大餐。

如今我們要去非洲，不知是否能親眼目睹一場野獸的生死鬥？

Cape Town（開普敦）

我們一行十二個朋友，在二〇一九年九月下旬浩浩蕩蕩地出門了，先到南非。第一天到達Cape Town，就安排好了要上Table Mountain（桌山；平頂山）去看山水風光，去欣賞城市的景致。怎知，當天卻碰到了壞天氣，可是隨團出門，什麼都得依照事先安排的行程。不得已，只好冒著雨，撐著傘，坐著纜車上山。上了山，雨下的更大了，一眼望去，烟雨迷濛，什麼也看不到。大家只好躲在山上的咖啡廳裡聊天扯淡了。當晚是歡迎貴賓的宴會，三十六位團友都會齊了，我一看，原來印度人最少也有二十個！真是奇怪了，難道說，到了南非，我們被歸類為有色人種，所以和我們同行的也都是有色人種？我想，這只是我太敏感，畢竟旅行團裡面也還參雜了兩三個白人。

Cape Peninsula（開普敦半島）

第二天，我們到開普敦半島的Boulders Beach去看企鵝。那海灘的周圍有大理石的岩壁做為屏障，有千百隻小小的非洲企鵝自由自在地存活著，那是政府為牠們開闢出來的殖民地。我們隨著蜿蜒的木板步道，一路欣賞那些企鵝。牠們蹣跚的步態，那麼滑稽可愛。

我看到幾隻企鵝媽媽把小寶寶攏在自己的羽翼下，一幅幸福家庭的寫照。可是卻有一隻小企鵝，全身覆蓋著茸毛，大概才出生沒幾天吧？卻不見有父母的照護，好孤單無助地站在那裡。這時有一隻大企鵝走過來了，竟凶惡地啄著小寶寶！多麼惡劣，殘忍的行徑。幸好另有一隻大企鵝跑過來了，牠狠狠地追逐那隻襲擊者，把牠趕開了；小小的初生兒這才保住了性命。可是過不了多久，又有另一隻大企鵝跑過來，開始猛啄著小寶寶。那隻站在不遠處的衛士再度衝過來，猛啄那隻侵略者。對方大概知道自己理虧，忙落荒而逃了。那剛出生的小企鵝受到兩次的攻擊，性命實在難保，但牠也察覺到站在附近的那隻大企鵝在護衛著牠，那求生的本能使牠靠過去，想依偎在那隻護衛牠的大企鵝的身旁。怎知那隻大企鵝卻不肯讓小寶寶靠近，只一再地移開，要保持距離。我完全搞糊塗了，到底那隻大企鵝有何用意？牠既然要護衛那隻雛兒，為什麼又不肯讓牠靠近？

可惜我只是個過客，無法得知那隻小企鵝的生死，只能遺憾地離去。

在回城的路上，我們又順道去參觀了一座國立植物園。在那裡我們看到了無數的奇花異草，都是以前沒看過的，真是大開眼界。尤其是南非的國花，叫protea，它真是鮮豔耀眼。

Table Mountain

第三天，天氣放晴，我們決定再度上Table Mountain去；畢竟那座山是全南非最出名，最有代表性的地標。這座山最出奇的特色是它的山頂不是尖的，而是平的，就像一張桌面。

怎知我們到了那裡，才知道這下糟了，原來早有幾千的旅客都擁到這裡來了！我們只好耐心地跟著排長龍，等了兩個多小時才得以坐上纜車。

如今第二次上山，我們終於看到了它的真面目。桌山面臨一個天然的良港，可以俯瞰美麗的海灣，幽深的峽谷，碧綠的海灘；開普敦的市貌也都盡收眼底；真是道不盡的幽美風貌。

當晚，我們去一家餐館，聽一組樂團彈唱爵士音樂，聽一位女詩人吟詩，也看到一位畫家以素描的方式將開普敦的街景呈現在我們的眼前。我覺得音樂很好聽，特別是那個年輕女孩的嗓子很甜美，選的歌曲也很柔和，真是一大享受。但最使我感動的是那位女詩人朗誦了她自己寫的詩；她在詩中描述了南非的種族歧視及隔離政策的殘忍與非人道。她提及一個歐洲來的女遊客，從來沒見過黑人，覺得很新奇好玩，竟然出口要買一個黑人嬰兒回去當紀念品！可想而知，那位歐洲女人並不把非洲的黑人當人看待。

她又敘述了一個黑種女奴的絕望，這個奴隸從出身就嘗受到無情的鞭笞與無盡的羞辱，過的是非人的生活。在絕望的心情下，她將自己剛出生的嬰孩殺死，如此，她親生兒就可以逃過非人的生活，不必受人欺凌，不必面對苦楚與屈辱的命運。如此的決絕，是怎樣慘絕人寰的下場。

可惜的是，那一家餐館的菜實在不敢恭維。主廚還特地出來與客人見面，說明了她的料理是Malay-Cape cuisine；那大概是馬來西亞跟南非本地人的料理的融合吧？老實說，那口味讓人很難消受。

St. Lucia Estuary

第四天，我們坐船到聖露西亞河口（St. Lucia Estuary）去看河馬與鱷魚。我們只看到一隻鱷魚在沙灘上晒太陽；但水中河馬之多，簡直伸手可及。牠們為了防日晒，大部分時間都潛伏在水裡。等牠們浮出水面一看，才知道牠們真的碩大無朋。簡直很難相信，牠們不吃肉，每天以河底的水草果腹，怎麼也會變得那麼肥胖？那些公的河馬，還會爭風吃醋，為了搶異性，鬥得鮮血淋漓。

Hluhluwe-Imfolozi Game Reserve

第五天，一大早又是風又是雨，冷颼颼的，但我們還是坐上了野生動物保護區的狩獵車，在一望無際的野地裡奔馳。都說的好聽，要去狩獵，其實只是坐在車子裡，蓋著毛毯，穿著雨衣，個個伸長了脖子，睜眼四望，期待著所謂的Big Five（即非洲的五大野獸：獅子，象，野牛，河馬，金錢豹）出現在我們的眼前。果然不失所望，過了不久，就有一群的大象悠悠閒閒地過馬路，阻擋了我們的車子前進。這裡是牠們的地盤，我們理該讓路，沒話說。我們也看到了成群結隊的野牛，和大家族的猴子，以及舉止優雅的長頸鹿，還有數不盡的野豬，大旋角羚羊（kudu）。可惜我只看到一隻雄獅，在一株矮樹下酣息；牠看著我，我也看著牠，各不相干。本來我夢想著能看到獅子追殺獵物的奇觀，可是這麼戲劇化的景象是可遇不可求的。還有那隱祕的金錢豹，更是無緣遇見了。

Swaziland（史瓦濟蘭）and Matsamo Village visit

第六天，我們到達了史瓦濟蘭。以前我曾聽說過史瓦濟蘭（如今改了國名叫史瓦帝尼）這個國度，印象裡，它是非洲最落後，最野蠻的地方；我做夢都沒想到有一天，自己竟會跑到這裡來觀光。

我們到這裡來，最主要的是去參觀施瓦濟族的一個部落。其實那地方並非這個族人真正的居處，而是為了招引旅客而建造的。那個聚落大概有二十多間的茅草屋，有的是用來當臥房，有的是族人開會的場所，有的是用來儲藏食物的地方，都各有用途，卻一概是泥土地板，沒窗沒門，只開了一個洞，以供出入。每一個小草屋都是陰陰暗暗的，非常簡陋。那個招待我們的年輕人很討人喜歡，他用清晰的聲調，幽默的語句為來訪的客人解釋他們族人的文化與習俗，很引人入勝。我們得知了這個族人實行的是一夫多妻制，每一個妻子都有自己的茅屋；茅屋裡面有左右並排的兩個地鋪。深夜裡，丈夫悄悄地進入他選中的妻子的茅屋，用拐杖輕輕地敲擊地板，然後在右邊的地鋪躺下來。這時，如果妻子是清醒的，她就會爬過來，躺在丈夫身邊。事後，他會無聲無息地離去。第二天清晨，大家相安無事，誰也猜不出昨夜到底是哪一個妻子受到了恩澤。若是這個妻子渾渾噩噩，只顧睡覺，連丈夫光臨她也不知曉，那麼做丈夫的會悄悄地離開，再也不會轉回頭。

我們參觀了這個部落的幾處草屋以後，接著便到一個簡陋的舞臺前去觀賞一群年輕男女的歌舞表演。他們的歌聲及舞藝真的很出色，也難怪他們自誇地說，他們提供的是全非洲最精彩的表演。

Kruger National Park Game Drive

第七天，我們抵達了Kruger National Park。這個國家公園是全世界最知名的野生動物保護區之一，我多麼期待著這一天的活動。心想，如果運氣好的話，說不定能看到獅子或豹？但是我們在公園裡繞了幾個小時，看來看去也只看到了成群結隊的大象，野牛，長頸鹿，還有數不完的斑馬和各種各類的羊群。但是金錢豹呢？獵豹呢？獅子呢？牠們都躲到哪裡去了？我丈夫說，別妄想了，那些野生的猛獸又不是馬戲團的演員，專等著我們這些無聊的觀光客光臨，然後上場表演牠們的特技！

我又一次的失望；看來此次到非洲，也只是白走一趟。

Blyde River Canyon, Red Sandstone

第八天，在開往約翰尼斯堡的途中，我們去參觀了一個觀光勝地，叫Blyde River Canyon。那裡秀麗的風光，與世隔絕的恬靜，使人嘆為觀止。

Soweto Tour（索韋托）

第九天，我們到索韋托去參觀。Soweto其實是Southwestern Townships的簡稱，它位於約翰尼斯堡西南面，是一個衛星城市，黑人聚居的地方；也是黑人多次暴動的所在。我們去了Nelson Mandela（納爾遜曼德拉）的故居，然後又去參觀Apartheid Museum（種族隔離博物館）。大家都知道，南非實行種族隔離政策以後，黑人不准住在約翰尼斯堡，都被趕到Soweto去了。從1948年，南非政府正式通過人口登記法案（Population Registration Act）開始，其後的五十年，政府把國民分成三種階級，white（白人），native（黑人）及colored people（黑白混血）。後來從南亞來的印度移民人數越來越多了，南非政府只好又添加了一個階級，就叫Indian（指的印度人與巴基斯坦人）。

那天我們一到博物館，都還沒進門呢，就有人分發給每一個人一塊牌子；我的牌子上面寫的是「non-white」，那是認定我屬於非白人的種族；而我的丈夫得到的是「white」的牌子。當然啦，他們只是隨便分發不同的牌子給排隊等著進門的觀光客，並非真的在門口檢驗你的身分，或調查你的族類。他們這樣做，是要讓參觀博物館的觀光客親身體驗到被貼上標誌，區分族類的屈辱與震撼。與我們同行的一個朋友就發問，在南非實行種族區分的時代裡，臺灣人是怎麼被區分的。那個博物館人員的回答是，如果臺灣人與日本人同行，那麼他們就會被視為白人，就能享有白人的權利與優待。若是和中國人同行，就被認定是黑人，被視為糞土。事後，我查了一下大英百科全書（Encyclopedia Britannica），才發覺我們臺灣人其實受到很特別的優待；我的丈夫認為，從1950年代開始，臺灣一直派遣了農耕隊到南非去，幫助他們改良農事及耕作的方法；他們為了表示感激，就暫且遺忘了我們是黃種人的事實，而奉送我們一個榮譽白種人的尊貴地位！聽說日本人因為買了南非很多的礦產，所以也被提升為白種人！至於中國人，他們一直等到1960年代以後才從黑人的身分提升上來。想想，南非這個國家種族歧視的政策實在要不得。現在黑人終於把白人擠出去了，他們得權了，可是國家的情勢並不見好轉，社會動盪不安，官員腐敗貪汙。我們幾位同

行的朋友趁了空擋，就坐上計程車想到市區及公園去逛一逛，照照相。結果不管到哪裡，到處都是黑人，到了公園，根本不敢下車，就直接回旅館了。我想，到此地走一趟，觀光幾天就足夠了，不能多停留。

Sundowner Cruise on Zambezi River（尚比西河）

今天我們飛到維多利亞瀑布，在下午四點半坐上了Zambezi River游河的觀光船，為的是在河上欣賞夕陽。這條河流入維多利亞瀑布，形成轟轟烈烈的奇觀。我們在河中流連不去，為的是等待太陽西下。果然，那夕陽漸漸地呈現在我們眼前，那麼耀眼，那麼火紅，它掛在樹梢上。這時有一艘帆船開過來了，就在夕陽的下面。又有一群鳥飛過，多麼富有詩意的一幅自然景觀。可惜那群鳥一飛即逝，沒來得及映入畫境裡。

Victoria Falls（維多利亞瀑布）

這次旅程最後的一個觀光景點是維多利亞瀑布，它位於Zimbabwe（辛巴威）。辛巴威在１９６４宣稱獨立以前，國名叫Rhodesia（羅德西亞），獨立以後改名叫辛巴威（Zimbabwe）。這個國家有72％的人口都在貧困線以下掙扎，他們的通貨膨脹指數每天都在上升，實在是個民不聊生的國度。而且聽說瘧疾很猖獗，我們好緊張，出門以前就要求家庭醫生為我們開藥方，每天吞服，以防止瘧疾的侵入。

既然為了去看世界著名的瀑布而費了很多周折，我們當然急不及待了；它號稱是世界七大自然奇觀之一，在雨季裡，它是世界最大的瀑布。可惜，此地今年鬧旱災，所以我們看到的瀑布群，只有三個有大量的水，其他的瀑布都是乾枯的，真是可惜了。

我們終於平安地回到家了。女兒打電話來問我，「妳看到了獅子沒有？」

輯六

旅遊感懷——西班牙

西班牙散記

普拉多美術館（Prado Museum）

今年（二〇〇八）四月下旬，我們夫婦倆參加了為期兩個禮拜的西班牙之旅；旅遊的第一個目的地是西班牙的首都馬德里。到達那裡的第二天，正好碰到馬拉松競賽，大街小巷都禁止汽車通行，我們只好棄車徒步了。我們先去參觀皇宮，然後再去參觀世界有名的普拉多美術館。這一座美術館最大的特點是，它收藏了三千多幅西班牙名畫家如畢卡索、哥雅、葛雷柯及維拉斯奎茲的絕世珍寶；這是其他世界級的美術館無法匹敵的。可惜，我實在看不懂，直覺那些作品大多詭異離奇，有點像惡夢中的形象。最難忘的是一幅哥雅的畫，它的標題叫"Saturn Devouring His Son"（農神吞噬他的兒子）。原來它描述的是羅馬神話中的一段故事：有個先知對Saturn預言，將來他有一個兒子會推翻他。於是Saturn在恐慌與自衛的心態下，將剛出生的兒子一個一個吞噬掉，以絕後患。

那畫面的背景是黑色的，一個長髮、長鬚的裸體男人，眼睛突出，眼光閃射著瘋狂的凶光，手像獸爪，深深地陷入那小兒的背部，最恐怖的是，他已經吞噬了嬰孩的頭，上半身和右手，如今正吞嚼著左手。他的嘴，他伸出來的舌頭，和那個孩子的殘剩的肢體都是血淋淋的。

多麼令人驚愕，多麼恐怖而噁心的一幅畫！我心想，為什麼哥雅會挑選如此野蠻而狂亂的故事來發揮他的天才？也許，他本人就和Saturn一樣，也是個失心的瘋子？

另有一幅畫，背景是小販雲集的鬧市，一個滿面鬍子，臉上帶著哀愁與無奈的中年男子，竟抱著一個嬰兒在餵奶；那露在外面的乳房，豐滿，晶瑩而潔白。站在他後面的是一個面貌和善而英俊的男人。我細細地端詳那幅畫，卻是越看越糊塗，也越看越不安，全身都起了雞皮疙瘩。

後來我問當地的導遊，才知道，原來那餵奶的，長鬍子的男人，其實是個女人，只因患了荷爾蒙不調的怪病，所以竟長出滿臉的鬍子來。那站在她身後的男人就是她的丈夫。這是一幅寫實的畫；真有這麼一對夫妻，碰到這樣不幸的遭遇。畫家只不過用他的筆把街頭看到的一幕描繪出來而已。

如此的畫面，沒有一點美感，看它幹嘛？我在那美術館裡呆了兩三個小時，越看越不是滋味。我本以為，畫家的作品是藝術的升華，是美的結晶；像雷諾瓦、亨利・馬諦斯、像莫內、馬奈，他們的畫給世間帶來了多少的陶醉與快樂？人人看到他們的畫，都恨不得偷一幅回家，掛在客廳裡天天可以觀賞。可是哥雅的這種畫，要送我，我都不想要，也不敢要。

那一天下午，從美術館出來，我有點迷惑，也有點沮喪；心想，活了這麼一把年紀，到頭來我仍然還搞不清，什麼是藝術。

塞爾維亞的四月節與佛朗明哥舞

我們到達塞爾維亞那一天，正巧是週末，又是月底，只見整個城市的街道上灑滿了春天柔和的陽光，更稀奇的是，一條街接著一條街，全都是笑容滿面的豔裝少女。她們不是三三兩兩的牽著手同行，就是坐著馬車，旁邊還有個盛裝的護花使者。又有一些鬥牛士打扮的帥哥，騎著馬，招搖過市！多麼花團錦簇的城市，多麼令人賞心悅目的街景！大家看得眼花繚亂，嘖嘖稱奇。似乎那些青年男子，一個比一個英俊；似乎那些女孩子，一個比一個漂亮！都那麼容光煥發，都帶著那麼燦爛的笑靨！我想，大概整個城市所有花樣年華的少女，都跑上街頭來閒逛！我們這群遊客，有幾個臉皮厚的，竟上前去問，可不可以跟他們一塊兒拍照，她們都很大方，笑容滿面地答應了。於是大家忙著擺姿勢，爭先恐後地拍著照片，真是不亦樂乎。

後來我們才聽說，塞爾維亞每年四月底都有一次的市集（April Fair），男人都打扮成鬥牛士，女孩都穿上佛朗明哥舞女的裝束；到了夜裡，他們就在一個連綿一公里半，處處張燈結彩的廣場裡匯集，然後吃喝玩樂，載歌載舞。我們瞎打瞎闖，竟碰上了這麼有趣的節日，真是飽了眼福。

當天晚上，我們去一家舞廳看佛朗明哥舞的表演；大家一邊吃晚餐，一邊看；到後來，都忘了吃，只專心一意地看著那歌舞的表演；真是令人入迷的舞藝。原來佛朗明哥舞是由吉普賽人的舞蹈演變而來的；都用吉他伴奏，又彈又唱，還配著有節拍的掌聲；音樂帶著淒苦與幽怨，跳舞的人臉部也沒有笑容。我最喜歡的是一齣短劇；它是用《卡門》的故事編成的。本來喬治・比才（Georges Bizet）的音樂已很動人，加上那個女主角又風騷，又美貌，跳的又很精彩動人，所以贏得所有觀眾熱烈的掌聲。不過，很可惜的是，其中兩個舞藝最出色的女人，已人老珠黃。

瓦倫西亞（Valencia）

在西班牙的城市中，瓦倫西亞看起來最興旺，也最有朝氣了。我們到達那裡時，才知道原來今年的世界帆船比賽（America's Cup）就在此地的港口舉行；難怪遊客有如潮湧。瓦倫西亞本來是全國的穀倉，西班牙最著名的炒飯（paella）即發源於此。最難得的是，近幾年來，政府不惜重資，在河邊蓋了一系列極美觀，又很現代化的公共建築。那裡有巨型的室內植物園，有數棟博物館，又有教育館。每一棟建築都美輪美奐，讓人驚嘆稱奇；每一棟都有它獨特的造型，像一座又一座的藝術雕刻；卻又能與其它建築達到相輔相成的效果。我相信將來這個城市，勢必成為西班牙的藝術重鎮。

圖：Valencia

巴塞隆納（Barcelona）

巴塞隆納是我們這次旅遊的最後一站；它是西班牙第二大城市，也是面臨地中海的唯一海港；因為地勢的優厚，自古以來就與外國通商，所以經濟繁榮，而文化與藝術的成就，也就跟著水漲船高了。

不過近年來，這個城市之所以越來越興旺的最大因素，卻是一九九二年在此地舉行的奧林匹克運動會。通過奧運的宣傳，全世界的人才知道原來有巴塞隆納這麼一個地方；才知道這個城市的樣貌。如此這般，它在一夜之間成了世界級的城市，也成了外國旅客的遊覽勝地。

我們在巴塞隆納住了三天，看了不少地方，參觀了不少教堂（到西班牙，看得最多的便是天主教堂，似乎每到一個地方，就得去教堂參觀膜拜；害得我這個又信道又拜佛的異教徒，覺得有點不是滋味）。但是最邪門的地方要算是巴塞隆納獨有的「神聖家族贖罪大教堂」了。它是建築師高第（Antoni Gaudi）最著名的作品；

不少學藝術的人對這座未完成的教堂讚不絕口，認為高迪把建築藝術發揮到了極致。高第在一八八二年就開始蓋這一座教堂，但是一百二十五年後的今天，它還沒有蓋好。到底這座教堂是何模樣呢？它巨大無比，詭異荒誕；像惡夢中鬼屋的形狀。那十幾個尖削的高塔，擠來擠去，每一根都像巨型的竹筍，插入天空。但是，最讓人看了不舒服的是它的外觀。若說那外觀就像人的臉面吧？那麼這張臉沒有一寸是光滑無痕的；它凹凹凸凸，像生了腫瘤，長了癤子的面孔！

當然，這只是我個人的觀點；大概有人會偷笑，笑我這人鑒賞力很低俗。不過，不提美感吧？單從我丈夫這一個土木工程師的眼光來看，他也覺得這座教堂的建構實在不合格；高迪只顧標新立異，並沒有規則地擺放支柱，這種設計，建造起來費工費神，更費金錢，無怪乎蓋了一百多年還沒辦法完工。我裡裡外外地參觀這座教堂，一邊不停地搖頭。另有一位同行的旅伴，他也是讀土木工程出身的，他也猛搖頭。可見他跟我丈夫的觀點，是「於我心有戚戚焉」。

神聖家族贖罪大教堂（SAGRADA FAMÍLIA）

我們的導遊是個學藝術的，他對高第可真是欽佩得五體投地，所以看完了這座教堂還不夠，又帶我們去參觀了另外兩處高第的傑作。可惜，我左看右看，還是無法欣賞。其中有一棟建築，它那面對著街道的窗戶，就像許多暴突出來的巨大的眼珠，讓人看了真不舒服。幸好，巴塞隆納的舊城區有個很好玩的地方，那便是有名的La Rambla。凡是來到此地的遊客，沒有一個不到此地來漫步賞玩的。

La Rambla是一條寬敞熱鬧的人行步道，兩旁擠滿了各色各樣的小店、攤位；最多的是花店，雜誌報紙攤和小吃攤；也有賣鳥的，賣狗的，賣貓的。有不少畫家也在那裡擺攤子，賣自己的作品；還有畫人物素描的，他會請你坐下來，當場做他的模特兒。最引人注目的是一些扮啞劇（Mime）的演員，他們把一只盤子擺在面前，希望過路的觀眾在欣賞他們的表演之後，會丟錢進去。記得幾年前，我們首次來巴塞隆納時，也曾到這裡來逛，那一次我就親眼看到一個小偷，他也擠在人叢裡；趁著那獻藝者正很投入地表演的當兒，竟突然快步向前，把盤子搶了去，然後拔起飛毛腿，一下子就不見了蹤影！這種意外的事件，多多少少也增添了這個地方的吸引力呢！

語言文學類　PG2554　秀文學44

人生的片隅
——夏眉散文集

作　　者 / 夏　眉
責任編輯 / 石書豪
圖文排版 / 蔡忠翰
封面設計 / 王嵩賀

發 行 人 / 宋政坤
法律顧問 / 毛國樑　律師
出版發行 / 秀威資訊科技股份有限公司
114台北市內湖區瑞光路76巷65號1樓
電話：+886-2-2796-3638　傳真：+886-2-2796-1377
http://www.showwe.com.tw
劃撥帳號 / 19563868　戶名：秀威資訊科技股份有限公司
讀者服務信箱：service@showwe.com.tw
展售門市 / 國家書店（松江門市）
104台北市中山區松江路209號1樓
電話：+886-2-2518-0207　傳真：+886-2-2518-0778
網路訂購 / 秀威網路書店：https://store.showwe.tw
國家網路書店：https://www.govbooks.com.tw

2021年5月　BOD一版
定價：220元

國家圖書館出版品預行編目

人生的片隅 : 夏眉散文集 / 夏眉著. -- 一版. --
臺北市 : 秀威資訊科技股份有限公司,
2021.05
面； 公分. -- (語言文學類；PG2554) (秀文學 ; 44)
BOD版
ISBN 978-986-326-902-1(平裝)

863.55 110005597

讀者回函卡

感謝您購買本書，為提升服務品質，請填妥以下資料，將讀者回函卡直接寄回或傳真本公司，收到您的寶貴意見後，我們會收藏記錄及檢討，謝謝！如您需要了解本公司最新出版書目、購書優惠或企劃活動，歡迎您上網查詢或下載相關資料：http:// www.showwe.com.tw

您購買的書名：________________________________

出生日期：________年________月________日

學歷：□高中（含）以下　□大專　□研究所（含）以上

職業：□製造業　□金融業　□資訊業　□軍警　□傳播業　□自由業

□服務業　□公務員　□教職　□學生　□家管　□其它____

購書地點：□網路書店　□實體書店　□書展　□郵購　□贈閱　□其他

您從何得知本書的消息？

□網路書店　□實體書店　□網路搜尋　□電子報　□書訊　□雜誌

□傳播媒體　□親友推薦　□網站推薦　□部落格　□其他________

您對本書的評價：（請填代號　1.非常滿意　2.滿意　3.尚可　4.再改進）

封面設計____　版面編排____　內容____　文／譯筆____　價格____

讀完書後您覺得：

□很有收穫　□有收穫　□收穫不多　□沒收穫

對我們的建議：________________________________

____

____

____

請貼
郵票

11466
台北市內湖區瑞光路 76 巷 65 號 1 樓
秀威資訊科技股份有限公司 收
BOD 數位出版事業部

....

（請沿線對折寄回，謝謝！）

姓　名：________________ 年齡：________ 性別：□女　□男

郵遞區號：□□□□□

地　址：____

聯絡電話：(日) ________________ (夜) ________________

E-mail：____